講談社文庫

つむじ風のスープ

The cream of the notes 13

森 博嗣
MORI Hiroshi

講談社

まえがき

シリーズ十三冊めになる。今回、タイトルの有力候補は『つくねとハンバーグ』や『辛《つら》いオウンゴール』だった。『ウミガメのスープ』にあやかって『ツムジガメのスープ』にしようと決めたが、そういうカメが存在しないので諦《あきら》めた。拘《こだわ》らざること風の如《ごと》し。

森博嗣という作家のエッセイを読んでいる人は、二種類に分かれる。読んで頭に来るけれどアンチがしたいから読む派と、読んで頭に来ることが尊《とうと》いと感じる派である。いわば、サド的とマゾ的のS&Mシリーズといえる。どんなものにもこの二派があるので、一般論としても認められるだろう。亜流として、読んで癒《いや》されるから心地良い派と、読んで癒されるから死にたい派などもきっとある。いろいろなタイプの人がいる。いても良い。

とうに引退している作家が、気の迷いから執筆しているエッセイは、何がテーマかというと、爪《つめ》を切ってキーボードのスプリングに打ち勝つだけの指の運動の目的を問うような愚問であり、そんなの印税がもらえるからにきまっているだろう、という心の叫びは残念ながら耳鳴りである。「すずなり」というのは、鈴鳴りではないから、耳に鈴をぶら下げるファッションでもない。「うらなり」は、今は使えないかもしれないから言及しない。テーマがなくても、恙《つつが》なく書くことができるのは、「どちらでも良い」という安寧《あんねい》によるものか、あるいは「どうでも良い」という安穏《あんのん》によるものか。関わらざること林の如く。

相変わらずの毎日を過ごしているけれど、この歳になっても、まだ遊び足りないというか、面白いことが多すぎて、毎日時間を惜しんで細々《こまごま》とした作業に勤《いそ》しんでいる。古いおもちゃを直したり、新しいエンジンを改造したり、全然上手くいかない問題、何故僕ばかりにこんなにトラブルが襲いかかるのか、という気持ちを楽しんでいる。問題を抱えることの楽しさを知っている人は、案外少ないらしく、珍しがられる。問題がすっかり消えることが幸せだと皆さん考えているようだ。面白い発想だとは思うけれど、それは問題に近づかないだけの及び腰ではないか。否、どちらでも良い。消えざること火の如し。

森博嗣もついに頭がおかしくなったか、といわれるかもしれないが、光栄なことである。丸くなったといわれるかもしれないが、形とは外部からの観察にすぎない。内部の空洞の形状を想像してもらいたい。ほら、やはりおかしくなっていないだろうか？

この文章のどこが「まえがき」なのか、とお叱りを受けそうだが、巻頭で「あとがき」とするほど世間知らずになりたいものだ。辛《から》くも逃げ切りたい。ミス連発でしたり顔。もっと意味のあることを書かず、訴えず、賛同を乞わず。世を忍ばざること山の如し。

contents

つむじ風のスープ

The cream of the notes 13

1 一般の人の反応を「市民の声」として報道するほど日本のマスコミは落魄《おちぶ》れた？

そんな数人の反応、つまりごく少数の感想をピックアップして伝えることに意味はない。わざわざ街へレポータが出かけていき、マイクを向けるような行為を、まさか「取材」というつもりはないだろう。何の意味があるのか？　同じように、ネットのニュース（と呼べるかどうか知らないが）でも、ＳＮＳの反応として数人の意見を引用している。記者が自分で書いた意見かもしれない。たぶんそうだろう。まったく無意味である。

「みんなはどう思っているのだろう？」と感じる人が多いのかもしれない。そういう人は、まず自分がどう思ったかを確かめよう。人の意見を聞くまえの方が、自分の声を正しく聞けるチャンスだ。周囲の動向を気にしすぎると、そのうち自分の動向が定まらなくなる。おそらく、老若男女を問わず、そういう人たちが沢山いるように見受けられる。だからこそ、そのニーズに応えてマスコミは「市民の声」なる虚構を演出しているのだ。

有名人の近辺にスキャンダルがあると、「本人には無関係なのだから静かにしておいてあげたい」という声をマスコミが報じる。それを報じているのだから「静か」ではないのだが、この矛盾を誰も指摘しない。知りたい人がいるのだから報じる、という正義を翳《かざ》している様子も窺《うかが》えるけれど、結局は、少しずれた場所へ、つまり「知りやすい」方向へしかマイクを向けていない。肝心の対象へ近づく努力をしていない。その点、「街の声」は簡単に得られる。入社したばかりの新人にさせるのにもってこいの仕事だ。

知らず知らず、このように街の声を聞くことが「普通」だと感じる人間になっているとしたら、かなり危険である。そういう声は、自分で周囲に尋ねて確かめた方が良い。誰ともわからない人が選んだ声を鵜呑《うの》みにするよりも、たとえば、家族の声とか、友人の声を自分で集めれば良い。そこまでしたくない、と思うなら、TVの報道にも耳を傾《かたむ》けてはいけない。時間が無駄だ、と感じる必要があるだろう。それくらいが「自然」である。

そもそも「声」というのは、なんらかの状況下で自分の外に出したものであるから、その人の本当の「思い」や「考え」とはいえない。相手に合わせ、世間に忖度《そんたく》し、良いところを見せようとした結果、だいぶずれたものが「声」になる。たとえば、無記名の「投票」などによって集めた「意見」とも異なっている。街の声で政権が非難され、アンケートで支持率が低いにもかかわらず、選挙で何度も選ばれている人がいるのはこのためだ。

「街の声」を伝えたいのなら、無記名のアンケートを実施し、その調査方法についてデータを公開したうえで、「このような声が多かった」と報道してもらいたい、と思う。

2 「何故そんな馬鹿なことをするのか？」に対する答は、至極《しごく》簡単である。

日本のＴＶは見られない。だから、ネットに流れている情報でしか、世間の話題を知ることができない。それでも、頻繁《ひんぱん》に迷惑な行為をして、しかもその動画をアップする、といったトラブルが目につく。僕には直接関係のないことだから、なんの感情も抱かないけれど、多くの人たちが腹を立て、呆《あき》れ返《かえ》っているように観察される。「いい大人がどうしてこんな馬鹿なことをするのだろう？」「のちのち責任を取らされることはわかっているのに何故なのか？」と反応している。しかし、その疑問の答は簡単で、「馬鹿だから」である。馬鹿だから、そうなる。世の中には馬鹿が沢山いるのだ。「いい大人」になっても、馬鹿は減らない。そして、たいていは刑務所に収容されている。若い馬鹿は、まだそこまで馬鹿ではないので、犯罪ではなく、迷惑のレベルで済んでいる。もう少ししたら、もっと酷《ひど》いことをするかもしれないし、奇跡的に馬鹿から脱する場合もある。

ネットが普及して、これらの馬鹿が表舞台に出るようになったから、馬鹿を発見しやすい社会になった。これは、どちらかというと良い状況と評価できる。迷惑な行為が暗躍するよりもわかりやすい。これは暴走族が出てきた半世紀まえにも同じことがいわれた。

注意すべき点は、馬鹿は、自分たちの行為が「面白い」「格好いい」と感じていて、周囲のみんなにも受け入れられると思っていることだ。ただ、周囲のみんなというのが、少し局所的、少数である点で、視野が狭いといえる。それ以外の大勢から注目されるとは考えていない。何故かというと、そんな大勢から注目されたことがないからだ。

動画を記録できる機器を各自が携帯するようになる以前には、馬鹿な行為は、仲間内で「やってやったぜ」と話をするだけに留《とど》まった。自分だけでは信じてもらえないから目撃者が必要だっただろう。このような話をする時点で誇張したり、捏造《ねつぞう》したりできたわけだが、動画を撮るとなると嘘がつけない。だから、どうしてもリアルになってしまう。

セットを作り、大道具や小道具を用意して、馬鹿な行為を撮影すれば、誰にも迷惑をかけずに、同じくらい見てもらえるだろう。それをしないのは、それだけの準備や手間をかけられない人間だからである。ここが馬鹿なのだ。このような人間は、なにをやるにも準備や手間をかけられない。手近なものにすぐに飛びついてしまう。だから成功しない。

自分を見てほしい、関心を持ってもらいたい、という動機を持っている点では、馬鹿でない多数の人たちと同じだ。承認欲求を持たない馬鹿は、はたしているだろうか。僕は、承認欲求を強く持つ者ほど馬鹿だと考えている人間だから、そこに興味が少しある。

3 「この人は自分のことを自慢したいだけだ」という批判の心理について。

最近あまり聞かなくなったが、「上から目線」という表現が流行《はや》った。それをいうのは「下から目線」だなあ、と感じていた。似ているが、自分の境遇を自慢げに紹介することがネットでは多いらしく、それに反発する声が、しばしば聞こえてくる。

同じ自慢でも反発されやすいのは、高い買い物や、高学歴だろうか。反発されにくいのは、自分の子供や伴侶をほんのり褒《ほ》めるような言動かな。前者でも、言い方によっては、羨望《せんぼう》を集めるだけで、「自慢しやがって」と直接の批判は来ないかもしれないし、後者でも、度が過ぎたり、繰り返しされると鼻につく結果を招くだろう。

僕は、人が自慢しているのを聞いても、べつに嫌な思いをしない。素直に凄いな、と思う。同じことをまたいっている、となっても、特に嫌な感じはしない。これは、自慢することが、素晴らしいことだとも、恥ずかしいことだとも、思っていないからだ。

人の自慢に腹を立てる人は、自分も自慢したいか、自慢することが偉《えら》いと感じているのだろうか。もし、自慢が恥ずかしくて、そんなことは自分はしたくない、と考えているなら、人が自慢するのを見ても腹は立たないのでは？　この辺りが僕には理解できない。

上から目線だ、偉そうに、と腹を立てる人は、自分が偉くなりたい、偉くなって上からものをいいたい、という価値観を持っているから、嫉妬して腹が立つ。違うだろうか？　そもそも、上だ下だ、と位置づけをすることが、その人の価値観の基本にあることはまちがいないし、もし自分が上だと認識していれば、腹を立てることもない。つまり、自分は下だとわかっているから、カチンと来る。そういう理屈なのだろう、きっと。

自慢したい人は、自慢させておけば良い。何も悪くない。この人は自慢がしたいのだな、という認識しか持たない。良くも悪くもない。人の価値観がわかって興味深い、とさえ思う。それに、そういう項目がこの人にとっては価値があるのか、ともわかる。人の心理というのは、滅多に観察できないから貴重だ。だから、僕は人の話を聞くのが好きだ。自分からはあまり話をしない方である。

世の中にはいろいろな人がいる。かなり幅があるし、けっして同じ人はいない。誰もがその人らしさを持っている。非常識な人でも、どんな意見を持っていても、その人を悪く思ったりはしない。物理的な害がなければ、問題ない。底が浅い人は、少し話を聞いたら、だいたいわかってしまうから、すぐに飽きてしまう、という程度。

なんでも正直に話すことが一番大切で、誠実さというのは自然に伝わるものだ。

4 「確認できなかった」というのは、「なかった」という意味ではない。

組織内で問題が起こると、内部告発や被害者の手記などから、これこれこのような悪事が行われていたのか、という疑惑が生じる。それを週刊誌やマスコミを通じて世間に暴露《ばくろ》し、問題が広がり、社会的なものとなる。警察に届けるには証拠が不充分だからである。

このような問題が報じられると、その組織としては調査をしなければならない。自分たちで内部調査をしたり、第三者にそれを委《ゆだ》ねることもある。その結果、告発されているような悪事は確認できなかった、という報告をする。こんな例が非常に多い。

組織のトップが頭を下げ、社会に対して謝罪をするが、悪事については「確認できなかった」と述べる。すると、マスコミはこれを、「悪事を認めなかった」と報じる。この点が僕には不思議に思える。「確認できなかった」というのは、「なかった」という意味でもないし、疑惑を否定しているわけでもない。ただ、調べてもその証拠が見つからなかった、という意味だ。違うだろうか？

そうなる理由は、悪事を働いた当事者が事実を正直に認めなかったからだろう。だが、黙秘権というのは人権として認められているから、自分に不利なことはしゃべらないのが普通であり、これは悪いことではない。また、もし「私はそれをしました」と認める者が出てきたとしても、その言葉が本当かどうかは、また別の証拠が必要だ。この場合、「悪事を認める者が名乗り出た」という報告しかできない。それで問題が解決するわけではない。別々に問い質した複数人が、同じ内容を話した、などが証拠として認められるけれど、これも、時間が経っていて、その複数人が口裏を合わせられる可能性を排除できない。ようするに、認める認めないといった人の反応では、真実を知ることはできない。

それでも、被害者を筆頭に、多くの人たちが「真実が知りたい」とおっしゃる。それは、ぼんやりとしたイメージとして理解できるけれど、焦点を絞っていくと、いったいそんなものが存在するのか、つまり「真実」とは何なのか、という疑問に突き当たるだろう。おそらく、罪を認めて赦《ゆる》しを乞うことや、なんらかの賠償をする、罪を償《つぐな》うといったものの、つまり被害者側が望んでいる状況が、「真実」という名称に擬似的になっている。

何がどうなって、どのような経過でこの結果になった、という物理的な現象は、ある程度は証明ができるが、人がどう考え、どう感じて、このような反応になったのか、という点は、外部から観察ができない。その場にいて、音声や映像の記録があっても、動機は解明できない。動機は本人だってわからない場合が多いのである。

5 「温かく見守る」というのは、具体的にどのような行為なのだろう？

僕はそういうことをした経験がないし、そういったふうに見える行為を他者がしている様子を観察したこともない。おそらく目には見えない、観察ができない現象なのだろう。そう想像するしかない。それにしては、わりと頻繁に、このフレーズが語られる。多くの場合、「温かく見守って下さい」というお願いであったりする。そんなお願いをされたら、いったいどうすれば良いというのか、と僕なら困惑するだろう。

まず、「冷たく見守る」という言葉がない。たぶん、それはできないのだろう。「見守る」という動詞に、既に温かさが籠《こ》もっているのかもしれない。これは、「守る」に含まれる気持ちなのだろう。「見る」だけではなく、心配したり、励ましたりしたい気持ちを伴っている。もしも不幸なことが訪れたときには援助をする、そんな気持ちである。ただ、「見守る」という動詞自体には、そこまでの責任感がない。政治家が好きな「注視する」とほとんど同じで、ちゃんと見続けるという意味でしかない。

では、「温かく見守る」の反対語は何だろう？　「冷たく見捨てる」くらいだろうか。この場合も、「冷たく」にはイメージ的な補助の役目しかなく、具体的には「見捨てる」だけで意味はほぼ確定している。これは、「見守る」の意味が「温かく」によってさほど補強されていないのと同様である。

僕が観察した範囲では、芸能人などが、マスコミやファンに対して、「温かく見守って下さい」というお願いをする例が多い。要約すると「放っておいてくれ」という意味のことも多い。「あれこれ詮索するな」という牽制《けんせい》の言葉として用いられているのだ。つまり、「口を出すな」に近い。もっといえば「黙っていろ」である。「見守る」は「黙って」する行為らしい。ぶつぶつ文句をいいながら見守ることはできないのか。

さらにいえば、「温かい」は好意的で、「冷たい」には悪意が感じられる、という暗黙の了解があるみたいだ。だが、「生温かく」になると、少しいやらしくなるし、「冷静に」といえば、少しジェントルで良い感じがする。熱くなりすぎているときは、水を差して、少し冷やしてあげる方が好意的な場合だってある。冷たくて気持ちが良いものだってあるのだ。温かければ良いというものではない。むしろ温かい方が気持ちが悪い。

たとえば、「熱く見守る」となると、ストーカに近い。ボイラなどに石炭を投入する人もストーカだ（スペルが違うが）。見守る行為に、熱の高低を付け加える意味はない。見るだけなら非接触であり、熱は伝導しない、と考えるのが順当なところだろう。

6 「ノルマ」が与えられることが素直に嬉しい、と感じられる人たちがいる。

あまり広く世間を知っているわけではないが、一般に、問題を抱えている人は幸せではない、と思われているようだ。これは、問題＝不具合であり、不具合があれば、不健康で不幸せにちがいない、と考えるからだろう。また、「悩み」を抱えている人も同じで、悩みを抱えて喜んでいる人はいない、と普通は考えるらしい。当たり前じゃないか、といわれそうだが、しかし、僕には当たり前ではない。

研究者という職業がある。この仕事をしている人は、研究課題という問題を抱え、日々悩み続けている。毎日毎日、「どうしてこうなるんだ？」「何故上手くいかない？」「あれもこれも駄目だ」「いったい何が原因なんだ？」と頭を抱えている。だが、しかし、彼らは不幸ではないし、不機嫌でもない。それは、普通の商売が大勢の注文を受けたときのような状態であり、繁盛《はんじょう》しているといっても良いからだ。

難しい問題になると何年も何十年も解決しない。それでも、いつか解決できると信じて悩み続けている。「もしかして、こうなんじゃないか」というふうに仮説を思いつくだけで嬉しくなる。何故なら、その仮説が正しいかどうかを確かめるための作業が目の前に現れ、しばらくは「何をすれば良いのか」がわかるからだ。ただ、それをするだけで良い。とても楽だ。でも、試してみると、その仮説が否定される。そうなると、また「何をしたら良いのか」と頭を抱えてやり直しになる。でも、だんだん面白くなってくる。何故なら、「ここまで考えても思いつかないほど、びっくりするような結末が待っているのだろうな」という想像ができて、そう考えるだけで、わくわくしてしまうからだ。

仮説を思いついても、どうやってそれを確かめれば良いのかわからない状態で、進めなくなることもある。このときは、なにか方法を思いつくごとに嬉しくなる。だが、やってみると、それでは解決しない。解決しないのは、仮説が間違っているか、それとも確かめる方法が間違っているか、どちらかだが、それを知るには、また別の方法を試す必要がある。これを思いつくまで、また頭を抱えて悩まなくてはいけない。

正解かどうかわからないような仮説や、それで解決するとは限らない方法でも、思いつくだけで自分に対する明確な「ノルマ」が一時的に生じるから嬉しい、との感覚は一般の人には理解し難いかもしれない。そもそも、研究者というのはノルマが嬉しい。やるべき作業が与えられ、〆切が設定されているようなシチュエーションが普段はないので、珍しい境遇を素直に楽しめるからだ。ただ、そのノルマで前進するかどうかは、また別問題。

7
感情で文章を書くことはない。そういったものは幾らか「哀れ」だと感じる。

文章を書くときに注意をしていることは、僕の場合、たった一つしかない。それは、「感情」を排除することである。もう少しわかりやすくいえば、感情的になって文章を書かないこと。たとえば、極端な例になるが、憤慨《ふんがい》、怒りに任せてとか、悲しみ、寂しさを込めるとか、自身の感情を文章に託すことはしない。そうならないように、まずは冷静になって、読み手がどう読むのかを考え、あるいは計算して書いている。

そうはいっても、多くの人たちは、文章を読むと、その書き手がどんな気持ちでこれを書いたのか、と想像する。気持ちを読み取ろうとする。多くの人と書いたが、特に小説の読者は、文章から感情を読み取ろうとする傾向が強いように観察される。だから、僕が書いたものを読んでも、森博嗣は怒っているとか、森博嗣は嘆いているとか、そんなふうに感じてしまうようだ。もちろん、そう感じさせるように書いているけれど、実際にそんな感情を抱いて書いたことは一度もない。これには自信がある。

感情を込めて書いたものほど見窄《みすぼ》らしいものはない、とも個人的に思っている。そういったものを世に出すことは、プロの作り手として失格だ、とも。例外的に、芸術家ならば許されるのかもしれない。芸術家というのは、昔は一人のパトロンに就く人であり、現代のように、大衆に支持される仕事ではなかった。個人に対してならば、感情的な一致が可能だったとも思えるが、大衆を相手にすると、感情を前面に出すのはいかがだろうか。

僕は芸術家ではないので、そこはよくわからない。自分は職人だと自覚していて、職人は感情に任せて作ることはしない。感情を抑え、日々黙々と仕事をする。なにもかも忘れて、つまり無心になることが理想だ、とも認識している。

感情的な発信は、昔から稚拙《ちせつ》なものとして窘《たしな》められてきた。紳士淑女がする態度ではない。マナーに反する、との文化が長く続いている。ところが、ネットが大衆のものとなり、しかも半匿名化した自我を、各自に意識させる効果を持っている。これは、仮面舞踏会というか、コスプレというか、その種の「幻」であり、ファンタジィだ。別の例を挙げれば、酔っ払っているとか、ドラッグでハイになっているような「異世界」である。

そこでは、感情を抑える「慎《つつし》み」は取り払われ、大笑いし、暴れまくり、目立った者が勝ちになるのかもしれない。たとえ、醒《さ》めた目からは「哀れ」に映ったとしても。

感情というのは一方通行だ。議論をしたり、譲ったり、認め合うことができない。感情に訴えることは、それ自体が上下のある人間関係を作る。僕はそれを避けたい。

8 成長はあっという間なのに、老いるには時間がかかるのが人間、動物である。

犬が子犬でいられるのは数カ月のこと。自宅で出産しない場合は、生後三カ月くらいでやってきて、半年くらいにはもう、手足が伸びて、顔つきも変わる。一歳にもなれば立派な成犬だ。とにかく成長が早い。動物の中で成長が遅い人間であるけれど、それでも、あっという間に大きくなり、しかも幼いときほど変化が速い。

成人するまでに、もの凄《すご》く沢山のことを学び、頭脳も肉体も、膨大な能力を身につける。同じことを、中年や老年になってやろうとしても不可能なほど、奇跡的な変化を遂げるのが「成長」である。ある意味で、大人になったら、あとはほとんどそのままという人間が多いけれど、そんな人でも、子供のときは天才的に進化していたのだ。

成長が終わると、途端に始まるのが老化である。これは、頭脳的にも肉体的にも、多くの事例で証明されている。ただ、知識や経験の積重ねによって、ある程度はカバーされるので、いちおう、歳上の威厳を維持できるのが、中年までの様相といえる。

わりと早い時期から「歳を取ったなあ」と意識する。若いときには、意識しなくてもできたことが、ときどきできなくなる。忘れてしまったり、うっかりミスをする。年齢が上がってくると、これが頻繁になり、顕著になる。ただ、何歳を境に、と急に訪れるわけではなく、じわじわと確実に老化が進行する。二十代から始まり、その後はずっと「歳を取りっぱなし」状態が続く。

これに抵抗しようとする人たちも多い。一般に、「若返り」などと呼称されるわけだが、遠目に見ても、けっして若返っていない。一例を挙げるなら、鬘《かつら》を被ったようなもの。アクセサリィ的な小さな変化でしかない。

少し譲っても、若返るのは、一時的だし、外見だけの話である。体調なども、日々変化していて、昨日よりは今日の方が若い、と感じることはあるかもしれないが、このような小さな波ではなく、全体的な変化傾向を観察すれば、誰もが着実に歳を取る。

それでも、成長に比べて老化の速度が遅いことは確実であり、迫り来る死期の覚悟をするために用意された準備期間として、神様の配慮を感じさせてくれる。

年齢が上がってくるほど、動作や思考が遅くなり、時間が短く感じられるので、老化の進行が遅くても、感覚的には相殺《そうさい》されるか、あるいはむしろ早く衰えるように自覚されるかもしれない。まあ、このあたりはしかたがないので諦めるしかないだろう。日々の衰えを体感しつつ、自然を愛《め》でるように自身の老化を楽しむ方向がおすすめである。

9 「ご無沙汰しておりました」という挨拶を聞かなくなったのは、スマホのせい？

「ご無沙汰しておりました」というのは、「お久し振りです」に近いのだが、それ以上に、積極的に会いにこなかった自分の不義理を恥じる意味合いがあるので、謙遜《けんそん》あるいは謙譲を示す挨拶になる。ようするに、適切な沙汰がなかったことを示す。

「不義理」という言葉を使ったが、これも今となってはわかりにくいかもしれない。義理を欠いているという意味で、「無沙汰」と一部同じである。

特にこちらの立場が低いわけではなくても用いる。長い間会う機会がなかったのは、両方が忙しかったとか、それほど親しいわけでもないとか、遠方であるとか、いろいろな理由があるわけだが、それを相手ではなく自分のせいにして謝るのだ。このような自虐ともいえる物言いが、常識だったし、古来の日本人の文化だった。ただ、もちろん挨拶の言葉として定着していたので、本当の意味を重視していたわけではない。

感染症が流行したとき、積極的に人と会うことが不要不急と指摘されるようになった。べつに顔を突き合わせる必要などないし、会わなくても仕事に支障がないことも判明した。しかし、ネットを介したコンタクトは、かつての電話や手紙と同じで、やはり実際に面会するよりも軽く受け取られるようだ。「電話で失礼します」といったように、時間と労力を使って足を運ぶことが、相手に対する誠意と見なされてきた。これについては、そろそろ考え直した方が良いと個人的には考えているが、さて、皆さんはいかがか。

たとえば自分の配偶者や子供あるいは親のことを悪くいうようなことが常識だった。最近ではほとんど観察されないかもしれない。言葉としても、愚夫、愚妻、愚父、愚母、愚息、豚児《とんじ》などがあった。今時、「豚児」などはネットで炎上するのではないか。また、呼び方だけではなく、実際に、配偶者や子供の悪口を人前で言い合うことが多かった。もちろん、相手も謙遜だとわかっているので、それを否定して逆に褒める、それをまた否定して貶《けな》す、というような会話をしたものである。実際になにも知らない子供が聞いていたら、頭に来るようなことがあったはずだ。今となっては昔の話である。

「ご無沙汰」に近いもので、名古屋近辺では、「横着《おうちゃく》」が用いられた。久しぶりに会ったときなどに「横着しておりまして」という具合に使う。この場合の「横着」とは、怠《なま》けることの意味で、会いにいくのをサボっていた、という自己批判である。

しばらく遠ざかっている行為を「ご無沙汰」と表現する場合もあるが、やはり「久し振り」よりも意味深な響きがあって、微笑《ほほえ》ましく感じさせる効果があった。

10 普通と反対？　妻は夫を「君」と呼び、夫は妻を「あなた」と呼ぶ。

これは森家のことで、気がついてみると、普通（ドラマなどで見る夫婦）の反対かもしれない状況だ。だが、普通はどうなのか、実際にその家の中に忍び込んだり、透明人間となって観察したりしたわけではないので、確かなことはいえないだろう。

誰かほかの家の人が近くにいるときは、当然ながら呼び方が変わる。まず、友人か編集者がいる場合。僕は「あなた」か、あるいは「スバルさん」と呼ぶ。奥様（あえて敬称）は、「君」か、あるいは「森」と呼んでいるようだ。犬に対しては、僕は彼女を「お母さん」と呼ぶ。犬がその言葉で理解しているからしかたがない。たとえば、「お母さんのところへ行きなさい」と指示ができる。彼女が犬に僕のことを何と教えているのかは知らない。「お父さん」だろうか。

友人ではなく、もう少し年配の人で、親しくないような偉い（偉そうな）人がいる場では、僕は彼女を「家内」か「妻」というだろう。そういう機会がここ十年ほど皆無《かいむ》なので、どうだったか忘れてしまった。一方、奥様は、たぶん「主人」といっていると思う。

ちょっと昔風ではあるが、実際に昔の話だ。

子供をどう呼んでいるかは、秘密である。彼らのプライバシィになる。第三者に示すときは、「息子」や「娘」を使う。「愚息」や「愚女」を使ったことはない。使うほど畏《かしこ》まったことがないし、畏まった席で子供の話などしないからだ。ちなみに、自分が飼っている犬のことを「愚犬」というのかどうかは知らない。聞いたことがない。

夫婦の呼称は、僕が結婚した頃と比べても、だいぶ変わっている。「嫁」というのは、もう三十年もまえから、問題だという指摘があった。同様に、「家内」や「主人」も問題である。「夫」と「妻」は幾らか客観的だから、当たり障《さわ》りがない。「相方」を使う人も、だいぶまえからいて、おそらく「パートナ」の訳のつもりで使われ始めたのだろう。これだと、性別に関係がないから使える範囲が広い。

日本は、まだ同性の結婚を法律あるいは憲法で認めていない。これは遅れているとしかいいようがない愚策だ。それどころか、別姓さえまだ揉めている。どのような理由で揉めているのか、まったく理解ができない。そもそも「戸籍」が家長を筆頭とするグループ単位になっていることに問題がある。せっかくマイナンバカードを広めたのだから、このあたりを一気に近代化してもらいたいものだが、まだしばらくは無理だろう。

呼び名の話を書こうとしたのに、かなり脱線してしまった。あしからず。

11 文章を書き写すことが作文ではないように、人の観察を観察しても意味がない。

他者が観察した結果をつぶさに見ても、それは自身の観察行為ではない、という意味。誰かが観察した場合、その人の目を通し、その人の頭脳で処理された出力結果であるため、それを見て、自分が観察したと勘違いすると危険である。しかし、現代では多くの事象が必ず誰かの観察を通して個人に届く。自分が第一観察者であるためには、自分の足で歩き、自分の手で触れ、自分の目で直接見なければならない。これは難しい。

どこか有名どころへ出かけていく場合、それは観察ではなく、観光である。観光とは、用意されたものを見ることで、観劇と同じ。美術館の絵を見て、そこに描かれた自然の風景を見ても、自然の観察にはならない。画集で沢山の絵を見るよりも、自然を見て自分で描いた一枚の絵の方がはるかに自身の観察眼を育てる。

人の文章を多数読むよりも、短くても良いから見たものを自分の語彙《ごい》で作文する方が良い。写真を撮るなら、用意された観光スポットではなく、自分の家の周囲で撮るものを探した方がずっと良い。もし、絵や文章や写真が上手くなりたいのなら、の話であるが。

自分の作品を人に見せて、「ああ、良いね」と言われたら失敗作だと思った方が無難である。そうではなく、「え？　どうしてこんなものを撮ったの」と不思議がられる写真が撮れたら成功。絵でも文章でも、何故そんなものを描いたのか、という点に作者のオリジナリティがあり、作者の創作力が宿っている。

つまり、人の目を通したものでは、「着眼」という最も大事な行為が抜けている、ということ。思考するときも、どのように考えるかではなく、何について考えるのか、がその人の思想を形成する核となる。その核の部分に他者からの借りものを据えると、いくら上手に膨《ふく》らませても、オリジナリティが感じられないものとなる。オリジナリティがなければ、創作する意味がない、といっても過言ではない。

とはいえ、これは少しいいすぎで、趣味として楽しむ範囲ならば、オリジナリティは必要ない。誰かの曲を演奏して楽しむことは、創作ではないが、楽しめる人も多い。ただ、あくまでも、アマチュアの趣味であり、それを職業にすることはできない。最初から大きな隔たりがあるので、ちょっと上手になっても、決して超えられない一線がある。

「小説家になりたかったら小説を読むな」と書いたことがある。小説を読む時間があったら書きなさい、という意味だ。インプットしないとアウトプットできない、という人はクリエイタには向いていない。作家とは、無から創り出す人のことである。

12 インプットの毎日はもの凄く楽で、楽しいが、これが自堕落というものかな。

相変わらず、インプットが増えている。読書は週に一冊程度で、小説以外。あとは、ネットでドラマや映画を見ている。こちらは毎日三時間くらい。それ以外は、工作か庭仕事で、こちらはアウトプットに属する作業。以前に比べてインプットが倍以上に増加したのは、やはり体力や気力が衰えたためだろう。なにしろ、インプットというのは、楽ちんなのである。じっと座って身を任せるだけで時間が過ぎていく。その最中はそこそこ楽しい。読書は、途中で考えてしまうから、この部分はインプットではない。ドラマは時間がどんどん流れていき、途中で止めたり戻したりはしないから、つまり考える暇がない。全部見たあとに少し振り返る程度だ。見ているドラマはBBCのものが多い。イギリスのドラマはシナリオが比較的複雑で、一度見ただけでは理解が難しいほどだが、そこが面白い。僕は一度しか見ない。同じものを二度見ることはない。難しくてわからなくても、それで良いと認識している。何度も見て隅々《すみずみ》まで理解しようとは思わない。何故なら、探究するため、完全に理解するために見ているのではないからだ。具体的な内容はどうでも良くて、その作品から得られた抽象的な価値を、心に留めることができれば充分。

具体的なもの、ドラマならシナリオになるが、今後はＡＩが創作することになるだろう。台詞《せりふ》も同じく計算される。それらを人間がチェックして、少し直す、といった作品が増えてくる。今でも、一人ではなく大勢が関与し、知恵を出し合ってストーリィを作っているはずで、それを誰か一人の名前で代表させて発表している。その方が受けが良い。既に半分くらいはコンピュータが関与していることは確実だ。その割合は増えるはず。

そういうものを見せられている。いくらでも面白いもの、複雑なもの、二転三転するものができる。ただ、見る人は難しくなると、ついていけない。一度ではわからないから、何度も見ることになる。現在のドラマの複雑さは、何度も見せるように設定されている。

一方で、役者もＡＩになる。もうすぐだ。そちらの方が洗練された作品になりそうな気がする。少なくとも、ミステリィやアクション系の作品には向いている。役者は、著作権のように初期設定としてデータを売る。早くそうなってほしい、と僕は思っている。

インプットばかりしていると、工作が少し滞《とどこお》る。そこで奮起して工作室へ向かう。なにか少し手を動かすと、ああ、やっぱりこちらの方が面白いな、と思い出す。面倒だし、疲れるし、なかなか思うようにいかなくてイライラするけれど、アウトプットの方が面白いことは確実だ。つい楽な方へ流れてしまう自分をときどき戒《いまし》めたい。

13 森博嗣が引退したことについて、僕はそれほど真剣に受け止めていないようだ。

引き続き、近況について書こう。昨年よりさらに作家としての仕事をしていない。仕事をしていないから、ほとんど遊んでいるのかといえば、そのとおりだが、しかし、庭掃除や機械の修理などは、遊ぶというよりは仕事に近い。犬の世話も仕事なのではないか。つまり、金を稼ぐような作業をしていない、が正しい。金にならない仕事は、僕の趣味全般がそうかもしれない。庭で小さな鉄道を運行したり、クラシックカーの整備をしたり、秘密だが、幾つかの研究も続けている。ただ、ものになるような代物ではない。

昨年（二〇二三年）は、ちょっとしたトラブルがあった。僕は二回も救急搬送された。だが、入院したのは一日だ。命に関わるようなものではない。奥様のスバル氏は年末に足を捻挫《ねんざ》し、一カ月ほど杖《つえ》をついていた。彼女の場合も医者に行ったのは一日だけだ。僕も彼女も、医者から「もう来なくて良い」とのお墨付きを早々にもらった。犬たちも感染性の病気になって、それぞれ一週間ほど嘔吐と下痢で酷かった。一番年配の犬だけ医者に行ったので、その病気が判明した。そんなこともあって、しばらく養生しようと考え、のんびりと過ごすことにした。だから、この本を執筆する以前の半年間は、なにも書いていない。今年に出る小説は一作だけ。本書でもう一作。あとはネット連載していたものが単行本化されただけ。あ、そうそう、新書が一つ、新版になって再発行された。

仕事を減らすことには成功しているから、引退への道は順調である。そろそろ読者も諦めムードになってきていて、こちらも予定どおりである。

ところが、収入は減っていない。年金ももらっているし、入試などに使われた著作権、ドラマやアニメの海外放映権、さらに、百冊近い本が新たに翻訳される契約もあって、アドバンス料が一気に入るなど、相変わらず多額の税金を納めている。新版になったのは『お金の減らし方』という本だが、作者はお金を減らすことができないのだ。

庭園鉄道も当初の構想をほぼ実現しているため、今は新しい工事は予定がない。既設の設備の補修をしているだけだ。機関車も四十一機にもなり、もう作らない方が良いだろう。新しいものにチャレンジしたいとは考えるけれど、見込みのありそうなものは、既に材料や部品が買い揃えてあるから、これから出費しないといけないものはほぼない。だから、お金が減らない。なにかがつんとお金を使ってみたい、と思うことはあるけれど。

現状が引退している作家であることは、客観的に見て八十パーセント正しい。あとは細々と、彗星の尾のように、じりじりと、尻窄《しりつぼ》みになっていきたい所存である。

14 「ドヤ顔」が一般的になっている昨今だが、かつては「したり顔」といった。

「ドヤ顔」というのは、「どや」といっている顔のことで、この「どや」とは、「どうだ」を少しだけフランクにしたものらしい。自分のいったとおりだろう、ほら自分は成功したぞ、と得意げにしている顔、すなわち、「誇らしげな顔」を示す。

これとほぼ同じ意味で、「したり顔」という言葉がある。今では使われないのだろうか。「したり」とは「してやった」のことだ。この言葉があるのに、新しい表現が生まれたのは、「したり」という言葉が古くて通じなくなったせいかもしれない。ただ、今でも「ドヤ顔」は、あまり上品とはいえないから、畏まった席や、あるいは正式な文章では、まだしばらくは使わない方が良いかもしれない。たとえば、僕が持っている古い電子辞書には、「ドヤ顔」はなかった。品のある人だと思われたかったら、使わないように。

「したり」に似ているが、「でかした」という言葉がある。今風にいうと、「やらかした」かもしれないが、「やらかした」は、「やってしまった」であって、なんらかの失敗をイメージさせる。一方の「でかした」は、成功をイメージさせる言葉で、「よくやった」に近い。だがこれも、もう古くなっていて、今はほとんど通じないだろう。

具体的には、「ドヤ顔」はさまざまある。にっこりと笑う人もいれば、無表情に近く、ただじっと見据えるだけの人もいる。場合によっても違いがあるはずで、どんな顔が「ドヤ」なのかは特定できない。また、事情を知らなければ、見ただけでは、「ドヤ顔」かどうかは判別できない。つまり、事情を知っていて、その人物が「ドヤ」と思っていることを予測したうえで、その態度に対して命名したものといえる。

「ドヤ顔」の反対は何だろう？　つまり、失敗したとき、思いどおりにならなかったときの顔である。残念そうな顔だが、小説だったら、眉を顰《ひそ》めるとか、小さく溜息《ためいき》をつくとか、ほかの表現になりそうだ。「悲し顔」「寂し顔」「しょげ顔」「不満顔」くらいしか思いつかない。そういうときは、あえて表情に出さず、観察できないのかもしれない。

「どなる」とほぼ同じ意味で「どやす」という言葉がある。これは、昔からあったし、全国的な言葉だと思う。「怒鳴る」には漢字があるが、「どやす」はなさそうだ。怒鳴るよりも、少し攻撃的な意味が多いように僕は感じる。声だけではなく、暴力を振るう意味も、かつては含んだかもしれない。

「どうだ顔」ではなく「ドヤ顔」になったのは、「したり顔」よりも文字数が少なくて使い勝手が良さそうだったからだろうか。ちなみに、うちの犬はドヤ顔をよくする。

15 ファンのマナー違反に対する警告は、みんなの意識を高めるだけなのでは。

ある一部のマナー違反が問題になることが多い。たとえば、ライブチケットの転売とか、鉄道マニアが写真を撮るために線路脇の樹を切るとか、である。主催側は、なんとかしてこれを防ぎたい。「マナーを守ってほしい」「このような迷惑行為はやめてほしい」という願望を公表することになる。そして、マナーを守っている大勢から賛同を得る。悪いことをする奴はファンではない、と非難合戦になるわけだが、しかし根絶できない。

そもそもルールを違反したときの罰則がない点が問題である。法律に違反するのであれば、警察に任せることができる。誰がそれを犯したのか特定さえすれば解決する。しかし、法律違反とはいえない、あるいは犯罪を立証しても、罪が軽すぎる、といった類のものもある。たとえば、線路脇の樹を一本切ったという器物損壊や営業妨害に対して、損害賠償請求ができても知れている。かといって、大きな被害が出てからでは遅い。

主催側が強く出られない点も、問題解決を妨げている。マナー違反をしているのはほんの一部のファンであり、大勢のファンは歓迎したい。むしろ、もっと大勢のファンに来てほしい。来てほしいけれど、そうするとマナーの悪いファンも増える。このジレンマだ。ようするに、主催側には弱みがある。それは、ファンに来てもらいたい、大勢から支持を得たい、という姿勢である。だから、マナーさえ守ってもらえれば、となる。立場が弱いから、強く出られず、お願いをするしかない。ここがジレンマの根源である。

僕の場合は少し特殊であるから、例として相応《ふさわ》しくないけれど、連想したものを挙げておこう。まず、二十年近くまえになるが、東京で行われていた鉄道模型のコンベンションに毎年参加していた。自作の模型を運び入れ、展示し、デモンストレーションも行った。講演をしたこともある。ただ、ブースの写真を勝手に撮影しネットに上げないように、と注意書きを掲示していた。ところがあるとき、ネットに写真が公開された。そのサイトに取り下げることを要求したのだが、返事がなかった。そこで、僕は次の年から参加を取りやめた。もちろんネットに、不参加となった理由を公表した。

それから、ネットで活動しているファンクラブでは、会員限定のサイトがあって、そこで毎日ブログを公開していた。会員には、ブログの内容を他所《よそ》で漏らさないように、との注意がされていた。ところが、これも一人の会員がルールを破った。内容を某掲示板に書き込んだのだ。この場合も即日ブログ公開を中止した。十年以上まえの話である。主催側は、この程度の覚悟を持っている方が良い、と僕は考えているが、いかがだろうか。

16 電気自動車と太陽光発電で自然環境が守れるという幻想を見せた三十年間だった。

九〇年代の終わり頃だと思う。大学にトヨタの人が挨拶に来て、プリウスという新しいタイプの車についてどう思うか、ときかれた。僕は、ハイブリッドはエンジンとモータとどちらも載せるので重くなり、非効率だから一時的だろう、と話した。でも、完全な電気自動車はバッテリィの寿命と充電時間がネックで、これを解決するには社会的なインフラの整備が必要だが、ガソリンスタンドみたいに個々の店に利益が落ちにくいから、政治的な解決ができるかが問題ですね、とも答えた。その当時、既に作家になっていてブログを書いていたから、たぶん、僕の考えがブログに残っていると思う。

電気自動車が普及するためには、バッテリィをカセット式に交換できるシステムにして、充電するのではなく、カセットを交換するしかない。バッテリィはもの凄く重いから、これをするには専用の機械も必要になる、という話も書いた。講演会でも、ときどきこの方面の話をした。そして、それから三十年近くになろうとしているけれど、バッテリィは僅《わず》かにしか進化していない。ほとんど変わっていない。日本ではヨーロッパほど電気自動車が普及せず、海外でも最近は期待を下回っている。補助金を出して、関連メーカを下支えしたつもりが、無駄に税金を使っただけになったのか、との声もあるだろう。

同じ頃から、太陽光発電が普及し始めた。風力発電とともに、環境破壊を抑制しつつ未来のエネルギィを支えると謳《うた》われた。ところが、このいずれもが、環境破壊を引き起こすことになった。最初から予測されていたことで、これも当時のブログに書いた。もちろん、まったく効果がないわけではなく、省エネと同じく、エネルギィ問題に対する一つの方策とはいえる。これらすべてが以前からわかっていたことで、研究もされていた。

太陽光発電は、パネルを作るためにエネルギィを使い、二酸化炭素を出す。また、パネルを廃棄するときにも環境を壊す。それらを含めてどうなのか、と評価する必要がある。これは電気自動車のバッテリィでも同様である。

新しい技術ですべてが解決し、輝かしい未来が訪れると宣伝し、当該産業へ金が回る。結局は、大勢が釣られて動く。税金がその方面へ流れる仕組みである。話題さえあれば、株も上がるし不動産も動く。そういうところで儲けるつもりの人たちが政治を動かす。

最近になってようやく、そんなに簡単な問題ではなかったのだな、と大勢が気づき始めた。もう儲からなくなったから、種明かしをしても良い時期になったからでもある。

僕が生きているうちは、ガソリンで動く自動車に乗っていられるのが正直嬉しい。

17 リニア新幹線の工事が進まないことについて、難しい社会になったな、と思う。

当初予定されていた時期に開業できなくなって、がっかりしている人が大勢いらっしゃるようだ。新しい駅周辺の土地が値上がりし、儲けたい人たちには死活問題である。

僕は、リニアについては、これまであまり発言しなかった。関心がない、というのが本音である。しいていうなら、大金を投入してまでやる価値のあるものだっただろうか、という疑問を持っている。もし、委員か議員で着工の採決をする立場に自分がいたら、たぶん反対の票を投じただろう。しかし、一度着工が決まったものに対しては、反対はしない。よほどの理由がないかぎり、それは迷惑というものである。静岡の知事がしていたことは、科学的、客観的に見ても、根拠と論理性に乏しいものだったように感じた。だが、自然を破壊するからやめよう、という意見はまっとうであり、その立場は認める。もっと早く科学的データを示して反対をするべきだった、という意味である。

人口が減り、しかも電子化が進む未来において、人が移動する必要性は減少する。鉄道はどんどん需要が減る。観光にしても同じことがいえる。むしろ、自然を守るための環境整備に力を入れていく方が正しい。不動産業や建設業は、これまでのような発展を諦めるのが人類としての筋だろう。街づくりとか、地方を元気づけるとか、活気のある社会とか、そういった夢は、既に前時代のものになっていることを早く認識した方が良い。自然を壊すのではなく、自然災害に備えるために税金を使うことが、急務といえる。政治家は、業界からの声を聞きすぎている。もっと未来を見て、国民、市民を啓蒙する人が現れてほしい、と期待している。まあ、そのうちそうなるだろう、自然に。

公の方針に反対する運動というのは、昔からあったけれど、結局は目先の利益が重視され、大勢が潤《うるお》うという状況を崩す力はなかった。「なんに対しても反対する」と疎《うと》ましく思われる存在でしかなかった。理屈は正論であっても、「そんな声を聞いていたら、なにも進まない。経済が回らなくなる」といって抑え込まれていた。しかし、そんな反対がなくても、経済は回らなくなりつつある。すべてのものが永遠に発展するわけではない。あらゆるものに限りがある。人口は減り、環境は悪化した。経済が頭打ちになる理由は、ごく自然な現象である。そうなって初めて、多くの人たちが正論を思い出すだろう。

これまで見過ごされてきた正論が、利益が上がらない、儲からない社会になって、相対的に目立ってくる。だから、ちょっとした反対意見が通るようになる。反対を無視できない社会になりつつある。「難しい社会」というのは、議論ができる社会のことだ。

18 「友達百人できるかな」って、そんなにできたら大変だろうな、人生。

友達を作ることが趣味だという人を否定するつもりはない。パーティが好きなのかもしれない。けっこうなことだと思う。僕は、そもそも友達を「作る」という言葉が嫌いだ。さて、それはどうでも良い。一般に、親しい人間が増えると、自分が有利になる、とほとんどの人が考えている。多数決の世界だから、そう感じるのは当然だろう。また、力を合わせることができるし、援助を受けることもできる。

でも、考えてみたら、援助してもらったら、援助しなくてはいけない、つまり、借りたものは返さないといけなくなる。だから、トータルとして有利になるわけではない。

人間は自分自身を贔屓《ひいき》にする。自分が可愛《かわい》い。自分が有利になる行動を選択する。なにかの判断を迫られたときにも、いつも正義に基づき、理屈が正しいものを選択できるとは限らない。無意識に自分に不利な状況を避けようとするからだ。

自分と親しい友から頼まれたものにも、応えたいという気持ちが働く。友が不利になるような選択をしにくくなる。ということは、友が多いほど、選択肢が少なくなる。大勢に気を遣って、客観的に見て正しいと思われる判断に躊躇《ちゅうちょ》するような場合や、それによって判断が遅れる場合も出るだろう。

つまり、友人が多いことが、リーダとしての不利益となることが往々にして起こりうる。友人でないにしても、人間関係が多くなれば、それだけ複雑になる。誰かの利益を考えると、別の誰かの不利益を引き起こす、といったことは、大きな決断にはつきものといっても良い。リーダは孤独でなければならない、という理由がここにある。

たまたま良い人と親しくなり、思いがけない幸運が舞い込むこともあるし、たまたま悪い人と親しくなったために、災難が降りかかることもある。友達は多い方が良いなどとは軽々しくいえない、と僕は感じている。

親しい人間関係よりも大事なものがある。それは、信頼を得ることだ。それには、日頃の誠実な行動と、理性的な判断の実践を積み重ねるしかない。自分の利益追求はほどほどにして、いつも正しい理屈に従って行動すること。それができる人には、自然に信頼を寄せる人が集まってくる。この集まってきた人たちとも、必要以上に親しくならず、距離を置いたつき合いを心がけた方が良い。そうすることで、常に正しい判断ができ、自身の自由が確保できるからである。子供には、遊ぶための友達は、無理に作らなくても良い、と教えても良いかもしれない。教えなくても良いかもしれない。それぞれのご判断を。

19
「エンジン」というのは「機関」と訳される。これが大好きな人生だった。

子供のときにエンジンを始動した経験を何度か書いた。以来、ずっとエンジンが好きで、ことあるごとにエンジンの本を読んだり、模型を組み立てたりしている。蒸気エンジンも内燃機関もどちらも好きだ。回っているときの躍動感が生物的でわくわくする。

初めて買った車はホンダのシビックだったが、これはＣＶＣＣという燃費向上の工夫をした特殊なエンジンだった。その二台あとには、ＶＴＥＣという点火時期を可変するエンジンを搭載したシビックを買った。ホンダは、ユニークなエンジンを作るメーカで、ほかにも、楕円ピストンとか、５気筒とかで世界を驚かせた。長くホンダの車を選んでいたのは、このスピリットに惹《ひ》かれてのことだった。

模型飛行機を始めたのもエンジンからである。２サイクルでは、シニューレ排気が出始め、飛躍的にパワーアップした。その後、４サイクルが登場して驚かされた。飛行機では、水平対向が振動や空冷には有利になる。これももちろん模型飛行機で試した。

水平対向エンジンは、魅力的なシステムだが、自動車に搭載すると左右のスペースが窮屈になる。ポルシェは、エンジンを後方に搭載し、理想的な配置の水平対向エンジンで、空冷では究極といわれたデザインだった。これは、作家になったおかげで新車を買うことができた。このの ち、ポルシェは水冷になってしまう。水平対向エンジンを載せているのは、今では世界でポルシェとスバルだけになった。いつまで持ち堪《こた》えられるだろう。

V型エンジンも素晴らしい。特に8気筒が理想的で、澄んだ高音が響く。アメリカ車のV8は、爆発タイミングが違っていて、この高音が出ない。今はフェラーリだけ？

自分で遊ぶには、実物のエンジンは大きすぎる。それで、模型エンジンを回して遊んでいる。二百台くらい持っていると思う。9気筒の星形、4気筒直列、4気筒水平対向、そしてロータリィエンジンなど。いずれも、飛行機に載せて飛ばすか、地上のベンチで回して楽しむ。高回転といえば、ターボジェットが最も凄くて、十五万回転くらい回る。最近、多気筒でも比較的安価になったので、中国製のエンジンを幾つか購入した。直列4気筒やV型8気筒がラインナップされている。回すだけで面白いから不思議だ。

将来的に、すべてがモータに代替するのかどうか、僕にはわからない。今の電池の性能ではまだ無理だろう。模型の飛行機やドローンは数十分間だけ飛べば良いのでモータになったけれど、何時間も飛ぶことができない。エンジンを搭載して発電機を回すようなハイブリッドのドローンがあるくらいだ。自動車も、しばらくはハイブリッドなのかな。

20 最もよく見る夢は、知らない街の駅で列車に乗ろうとするシーン。

これも何度か書いている。毎日夢を見るけれど、その中でパターン化されているシーンがある。まず、出張かなにかで知らない街へ来ている。そこで、駅に辿《たど》り着《つ》き、自分が乗るべき列車を探し、時刻表や掲示板を見つつ、時間を潰《つぶ》したり、列車に乗り込んで出発を待つ、というもの。列車が実際に動き出すこともあるが、たいていは、それ以前に夢が切り替わる。毎日二、三本の夢を見ていて、切り替わるというのは、別のストーリィになる、という意味である。

非現実的な夢は滅多に見ない。SFやミステリィもあまり見ない。ごく普通の社会で、時代は現代で、自分は研究者で、遠くの街まで学会か委員会のために出張しているのである。ホテルに宿泊していて、その肝心の学会や委員会に出席するシーンは出てこない。それが終わったあとで、帰ろうとしているか、また次の目的地へ移動しようとしている。ただ、大都会であり、駅は非常に複雑で、ホームもいろいろな建物に分散している。初めての街ではないので、なんとなく場所を覚えているのだが、しかし、いつもと少し違うところへ出てしまったり、工事が始まっていたりして、回り道をしなければならない。時間の余裕は充分にあるのだが、なかなか目的のホームへ辿り着けない。

この夢の街のモデルは、明らかに東京である。ほかに、このような街を知らない。東京の駅というのは、同じ駅でも多線が乗り入れていて、ホームはビルの中にあったり、地下にあったりする。もっとも、現実では案内表示がある。夢にはこれがまったくない。ただ、自分は知っているはずだ、という思いで探し続けるのである。

ロンドンのようなタイプの駅が夢に出てきたこともある。ロンドンには、ロンドン駅は存在しない。街の周囲に、それぞれの地方へ行くための駅があって、目的地が駅の名称になっている。地下鉄やタクシーで、それらの始発駅へ向かい、電車に乗るわけだ。

東京は、本来は山手線の駅から、地方へ向かう線が放射状に伸びる、という計画だったのではないか。ところが、利便性を追求し、今では複雑怪奇に入り組んでしまった。地下鉄もごちゃごちゃになっていて、非常にわかりにくい。地名を知らない人には、どちら方向へ行く列車に乗れば良いのかわからない。最近はきっとデジタルでその問題が補われているのだろう、と想像する。

鉄道で通勤した経験が一度もないし、ほとんど鉄道に乗らない人生だったから、出張のときに東京へ出かけたことがカルチャショックだったのだろう、というのが夢分析。

21 スバル氏の春の勢いは凄い。大丈夫なのか、と心配になるほどだ。

スバル氏というのは奥様（あえて敬称）のことだが、彼女は春にとんでもなく張り切る傾向にある。春先は、花粉が舞うから健康によろしくないはずだし、彼女はそもそも呼吸器系のアレルギィを抱えていて、通院もしているのに、である。

何に張り切るのかというと、ガーデニングである。ずっと外にいて、庭の方々で四つん這いになってなにかしている。犬が近くにいるようだが、犬は手伝っていない。僕も手伝わない。遠目に見ているだけだ。ときどき、犬がこちらに来るが、報告してくれない。

通販で届く苗は、半端《はんぱ》な量ではない。実は昨年の秋には、球根が届いていた。そのときも、日々それらを植えていたはずだが、この様子には僕は気づかなかった。秋は落葉掃除をしているから、僕も忙しい。たぶん、球根の方が植えるのが簡単なのではないか。ただ、量は千を超える数字のはずだ。

春は苗を買って、それを植えているが、土や肥料が必要になる。これは農園などに車で出かけていって買っているらしい。彼女の車はツーシータだから、荷物はさほど載らない。助手席が空いていれば、少し余分に載せられる程度。美容院や医者（目医者、歯医者、総合病院など）や食料品店などに行くときに、農園に寄り、少しずつ土を買っている様子が窺える。もちろん、その何倍も通販で購入しているから、毎日荷物が届く。

土がなんとか掘れるようになるのは四月になってから。それまでは凍結しているから、スコップが入らない。土が柔らかくなると同時に、彼女の活動が始まる。

同時に、庭の方々に作られた煉瓦《れんが》やタイルの道を拡張したり、修繕したりしている。苗を植えているうちに、景観を整えたいと思いつくのだろう。思いつくと、すぐに実行する人なので、どんどん仕事が増えるはず。働き者だな、と感心する。

僕も、庭園鉄道の管理をしている。線路周辺の整備もある。樹の枝が伸びて列車に当たらないかとか、植物の根の成長で線路が傾いていないかとか、そんなチェックをする。もう、線路を延ばす計画はないので、以前に比べれば工事量は多くはない。列車を運転しながら、庭園内の全域を巡って、不具合を見つけ、修繕をするだけである。

僕の鉄道整備や彼女のガーデニングは、誰にも褒めてもらえない。近所の人が見にくるような機会がない。庭園鉄道は、僕と僕の犬しか楽しんでいない。僕はまだ、ブログで一部の写真をアップしているから、少しは観客が存在する。スバル氏は、ＳＮＳはもちろんブログもしていない。孤高のガーデナというべきか。せめて、僕が褒めようと思う。

22 本格を書こう、ミステリィを書こう、というジャンルからの発想はしない。

そうではなく、書いてみたら、なにかのジャンルになっていた。なにかのジャンルとして見なされる、ということである。既にある作品をお手本とすることもないし、このようなものを書こう、と思ったこともない。

ただし、最初の作品だけは唯一の例外だった。本格ミステリィというか、エラリィ・クイーンの作品のようなものを書こうかな、と思った。最初は、自分がどんなものが書けるのかわからないし、どのように考えて執筆すれば良いのかもわからなかった。

だから、既往の型を頼りにして、執筆まえにプロットも考え、いろいろ計算してから書き始めた。しかし、書き始めてわかったことは、なかなか計画どおりにいかないものだな、ということだった。書いているうちに、いろいろ思いつく。処女作を書いたときには、その後のシリーズ作品のほとんどが、頭の中に浮かんできた。書いていると、キャラクタの性格もだんだん定まってくるが、それは最初に決めたままでは全然ない。

だから、二作めからは、なにも決めないで書き始めた。案外、そちらの方が自然に執筆でき、面白いものが書けたな、と自分でも満足できた。だから、以後はプロットなど作らず、いったいどんな事件が起こるのかも決めず、それどころか、ミステリィであることさえ無視して書いている。自由に書けるということが、非常に貴重だと思う。ストーリィが既に決まっていて、このようなテーマで、こんなシーンを入れて、などと指定されたら、執筆は苦痛となるだろう。そういった労働はしたくない。いくら儲かったとしても。

また、たとえ自分が決めたストーリィであったとしても、かっちりと決まったものを文章化する行為は苦痛だろう、と感じる。苦しい時間を過ごしたくない。たとえば、漫画などは、事前にネームを決め、編集者のチェックを受ける。そのあとは、絵を描く楽しみは残されているけれど、それも、きっちりと下描きをしたあとでは、労働しか残っていない。若い頃に漫画を描いた経験があって、当時、漫画家だけはなりたくない、と思ったことを覚えている。決まりきったことをする時間を楽しめないのだ。研究職に就いたのも、そのあたりのせいかもしれない、と自己分析する。

工作でも同じことがいえる。設計図がきっちりと出来上がっていて、そのとおりに加工をすると、他者から製作を依頼された町工場の職人気分になれる。それはそれで面白いと思うし、設計図を作るときに、作る醍醐味《だいごみ》の大部分が消費されている、と思う。僕はそれよりも、突然襲ってくるトラブルや湧《わ》き上がってくる発想を楽しんでいるようだ。

23

ドラマで順番を飛ばして見てしまう。あれ、久しぶりに会ったのに平生《へいぜい》の感じ？

ネットでドラマを見ているのだが、ブラウザの反応が悪いのか、システムのデザインが悪いのか、ときどきシリーズのエピソードを一つ飛ばして、見てしまうことがある。これまでに十回くらいあった。しかし、見ているときには、気づかないことの方が多い。あれ、なんか変だな、と思って確かめたのは一回だけで、そのほかは、普通に見た。その次も見てしまい、しばらくしてから、なんか見ていない回があるような、という疑惑が持ち上がる。この疑惑が持ち上がらない場合には、飛ばしたことも明るみに出ないわけだから、十回くらいと数えたうちに入っていない。そちらも十回くらいあるかもしれない。

シリーズものであっても、エピソードで一話完結するものだと、飛ばしてもわからない可能性が高い。森博嗣のシリーズはすべて一話完結だから、飛ばしても全然良いと思う。

ところが、そうであっても、ちょっとした疑問を持つことがある。

たとえば、「おかしい。この人はずっと音信不通のはずだった。どこかで再会したようだが、そのシーンは描かれないのかな？」といったメタな疑問である。再会したのなら、もっと喜ぶはずなのに、普通に挨拶していたりして変だ、と気づくわけである。

つまり、フィクションというのは、流れる時間を都合良く切り取って、物語を作っているが、描かれない時間であっても主要なメンバの重大な出来事は、必ずなんらかの言及があり、思い出などで描かれるという前提、あるいは暗黙の約束があるようだ。僕は、そんな約束をした覚えはないけれど、確実に存在するみたいなのである。

そのエピソードの主題、たとえばミステリィだったら殺人事件の解決など、とは無関係な話題であっても、主要な登場人物については、きちんと描かれるべきだ、ということらしい。はたして、これは正しいのだろうか。僕はそうは考えていない。もし、「あれ、変だな」と感じたら、「そうか、どこかで会って、話をしたんだな」と想像する。そういった想像は難しくない。誰でもできるはずだ。物語で描かれなくても、そんな陰の時間が流れている、と考える方が自然だ。二次創作などは、ここを補塡《ほてん》しようとしている。

一方で、そんなものはない、と考える人もいる。ミステリィの一部の読者は、物語はパズルだと考えているから、読者が知らないうちに裏でなにかされるのを快く思わない。すべてが描かれ、描かれないものは起こっていない出来事だ、というわけである。

僕は、シリーズものであっても、どの順で読んでも良いし、飛ばして読んでも良い、と考えている。そして、もちろんそのつもりで執筆している。

24

願望ニュースが多すぎる。つまり、それはニュースではない、ということか。

ネットで特に多い。TVでも、かなり増えている。政治や各地のイベントを伝えるニュースに、CMに近いものが混ざっている。さらに、YouTubeなどになると、解説っぽい「語り」の中には、全く事実に反するようなものも増えている。まったくのフェイクというほど酷くはない。いちおう知識としての価値はある。ただ、都合の良いものが取り上げられ、そうでないものを無視して結論めいたものを導いていて、その点は問題である。ツイッタ（今は違う名称らしい）になると、もう言いたい放題で、最後に、「といっていたらしい」とか「ような気がする」と書いてあるから、そもそも自信がない。思いついただけで、勘違いも多い。固有名詞が間違っていることも頻繁で、まさに雑音である。

事実の解説っぽく作られているものが、偏《かたよ》った価値観に基づいている点が、CMに近いと考えられる理由である。CMというのは、対象のものを良く見せる作意だが、正しい情報を大勢に伝えようという報道との違い、境界が明確に定められない。発信者自身でさえ、自分の行為がどうなのか自覚がないのかもしれない。

ただ、そういった境界に近いものならば、まだ実害はない。そうではなく、明らかに偏った情報による誘導が、CMであることを隠して発信されている場合は、そういった行為に嫌悪を感じる人々には、実に鬱陶《うっとう》しいものであり、生理的にも有害となるはずだ。

個人の願望を基に作られたこれらの情報っぽい代物は、同じ願望を持った人には「面白く」感じられるだろう。人間というのは（というよりも人間の頭脳は）、自分が望んだとおりのものを欲しがる。そうなってほしい、そうなるはずだ、と願っているものがやってくると、快楽を覚えるのだ。「ほら、私のいったとおりでしょう？」という思いが、思考の目的物だと信じているし、このようなご褒美が欲しいから、どんどん自分の考えを他者に押しつけようとする。かなり鬱陶しい存在になっていく。

とはいえ、そもそも情報というのは、そういうものだった。昔の方が、もっと強烈な作意によって捏造された情報が社会に錯綜していた。今と違うのは、昔は権力者から発せられていたものが、今では一個人が発信している。昔は、ある方向からくる情報だけに警戒していれば良かったが、今では周囲から来る。実に細かいもの、遠回しなもの、どうでも良いもの、一目で嘘だとわかる馬鹿なもの、までやってくる。煩《うるさ》いことこのうえない。

願望を書いても、願望が叶《かな》うわけではない。賛同する人が増えても、実現するわけではない。選挙運動と勘違いしているのかもしれない、と想像してみるのだが。

25 大人たちが支配されている観念が覆《くつがえ》ると、子供たちは大人を見放すことになる。

僕が経験してきた時代だと、まずは敗戦がある。戦争の最中には、とにかく戦う人が偉い、という価値観が社会を支配していた。だから、戦わない者は異常者扱いされ、それどころか犯罪者として収監された。これが、戦争が終わった途端に、戦うことは悪だ、との観念が社会に蔓延《まんえん》する。このまえまで大人たちが教えてくれたことは何だったのか、と子供や若者は思っただろう。ここで時代が一新し、信用できない老人たちを尻目に、自分たちのやりたいことを若者が思い切りできるような社会になった。

上の者がいない時代、上の者のいうことを聞かなくても良い時代には、自分が思うとおりに活動できる。これが、高度成長期の日本を支えた精神だっただろう。新しい企業が生まれ、世界を相手にビジネスを大きく展開した。がむしゃらに働くことができた。そういう時代だった。しかし、ここでは、働く人が偉い、という新しい価値観が社会に浸透した。戦うことができなくなった代わりに、働くことで満足を得ようとした。

さて、次の時代がやってきた。働いて働いて日本を経済大国にしたのに、結局は不況になった。働いても駄目だった、ということが判明した。戦いに敗れたように、働くことにも挫折したのだ。ここで、働く人が偉いという価値観が崩壊する。

　働きすぎが問題になり、がむしゃらに働かせる会社はブラックになった。休日は増え、休暇も増える。休むことが、後ろ指を差される行為ではなくなった。まだ、組織の上には、まえの世代が残っていて、働き甲斐のある職場を、社会に貢献できる仕事を、と美化しようとしているが、これらの価値観は若者にはもう通じない。そうまでして金を儲けたくない、と彼らは考える。人生の目的は仕事ではない。生きるためにしかたなく働くけれど、できるだけ早く引退して、自由にのんびり暮らせる老後を夢見ている。

　そして、今は、人の絆を重要視する時代になった。なによりも大切なのは、人と人の関係であり、友達の輪を大事にする人が偉い、という価値観である。これは、ネットの普及によってより強固な観念となり個人にも浸透する。これまでは、笑顔で挨拶する、身近なサークルにおけるつき合いに参加する、といった曖昧《あいまい》な観念だったものが、ネットでは、もっと広範囲で連動し、しかも評価が具体的になる。つながっているかどうかを定量的に比較するようにもなった。フォロアは何人なのか、「いいね」は幾つもらえたか、と。

　さて、必要以上に重視されているこの「絆」が、いずれ崩壊するときが来る。人の目を気にする世代を、次の世代の子供たちは信用しなくなるかもしれない。

26

記念の意味がわからない。記念を共有するために金をかける意味がわからない。

「記念」というのは、思い出を残しておくこと、と辞書にある。別の言葉でいうと「形見」でもある。ただ、「形見」は、今では、別れた人、死んだ人が遺《のこ》したもの、という狭い意味で用いられているようだ。僕は、これらのいずれも、自分にとって意味があるものではない、と考えている。そういった品物などがなくても、思い出すことは可能だし、また、そうまでして（それらに金をかけて）品物を作る必要を感じない。

旅行先の土産物《みやげもの》売り場にも、記念品なるものが売られている。なんの変哲もない品に、そこの地名が刻まれているだけだ。コインに日にちを刻んでくれるものもある。今は、これらの役目は、スマホで撮影するデジタル記録に置き換わったのだろうか。別の言葉でいうと「アリバイ」である。そこにその時刻、自分が確かに存在した、といいたいらしい。

大規模な工事があると、出来上がった構築物に銘板が設けられる。これも記念である。誰がいつ作ったのかを記すもので、芸術家や工芸家のサインと同じ。思い出を残すというよりは、未来に向けての記録であるが、今はそれ以外にも膨大な記録が、放っておいても残される。もっとも、将来、記録が多すぎて検証作業が大変なことになるだろう。「記念」のほかに「祈念」という言葉もあって、かなり意味が近いから、ときどき混同している人が見受けられる。大雑把《おおざっぱ》にいえば、未来へ向けたものが「祈念」になるのだが、たとえば、災害があって、その復興のシンボルを作った場合は、どちらになるのだろう、難しいところである。広島の平和記念公園は、戦争が終わって平和が訪れたことを記念しているようだが、未来に向かって平和を祈念しているのでは、と思う。

いずれにしても、このような記念物に金をかける意味があるのだろうか、というのが僕の疑問である。その金があったら、もっと実益のある取り組みができるのではないか。例は悪いかもしれないが、結婚記念として、日時と二人の名前を刻んだ石を庭に置いておく人はいない。そうではなく、指輪など、ほかに（飾りとして）用途があるものが選ばれている。復興記念だったら、復興してほしい現場でその金を使えば良い。これは、復興記念のイベントをする金も同様で、まだ復興していない場所に、その金を回せば、と思う次第。すなわち、ほかにまったく使い道がない場合に限り、どうしても記録自体に金をかけたい、という個人的意見に応えるものとしてしか存在理由がないように考える。しかも、現代では、その役目はデジタルによって完全に代替可能なのだ。記念にウェブサイトを作るだけにした方がスマートで、無駄な工事で二酸化炭素を排出することもない。

27 スマホを片手に、モニタを見ながら歩いている人って、二宮金次郎と同じ？

僕は数日に一回、それも三分くらいしかスマホを使わない。書斎の棚にずっと置かれていて、ずっと充電中。ドライブに出かけるときに、万が一の事態に備えて持っていくけれど、これまで一度も使ったことがない。所有している主な理由は、模型の制御や測定などに使うためで、人と話をしたり、連絡を取ったりする目的では使っていない。こういう人間がまだ世の中にいるのか、と驚かれる方もいらっしゃるかも。

もともと、コンピュータ関係は得意な分野で、iPhoneも誰よりも早く購入した。そのときは、デスクから離れてもメールが届くことが便利だと思った。今は、デスクから離れるのは庭仕事をしているときくらいで、しかもどこかから緊急のメールが届くこともなくなったから、はっきりいっていらないものになった。僕がそうなったあとに、スマホが世間で普及し、あっという間に誰もが使い、四六時中スマホが手放せない人たちばかりになった。よくもそんな小さな画面を見続けられるものだ、と微笑ましく観察している。

ゲームもするし、音楽も聴くし、ドラマや映画を見たり、スポーツ観戦したり、あるいは写真や動画を撮り、自分の行動を逐一レポートし、友人も恋人も、そこで作って、そこでつき合い、そこで喧嘩《けんか》しているらしい。

突然便利なものを与えられた原始人みたいに見える。ちょっと刺激が強すぎたのではないか。彼らが持っていた文化が消し去られはしないか、まるで麻薬のように常習性があって不健康なのではないか、と心配する民俗学者になった気分である。

街の様子を観察すると、歩道を歩いている人、横断歩道を渡っている人、電車を待っている人、みんなスマホを見ている。運転している人も見ている。仕事をしている人も見ている。取り憑かれている、という表現が相応しい。今は手に持つ仕様となっているが、腕時計タイプが出ているし、すぐにメガネタイプとかへ移行するだろう。ここまで深く生活に浸透すると、もはやヴァーチャルである。そう、多くの人がヴァーチャルで生きている。

そのわりに、リアルのボディは駅へ向かい電車に乗って移動しているのだから、そのアンバランスが滑稽《こっけい》というか危うい。スマホは、移動しなくても良いために作られた機器だからだ。つまり、スマホを手放せないのが不自然なのではなく、スマホがあるのに歩かないといけない、移動しないといけないことが、明らかにおかしいのである。

炭火焙煎《ばいせん》のコーヒーを電子レンジでチン、3Dプリンタの作品の写真をプリントして年賀状で郵送、スマホを持ってキャンプ場でゲーム？　もしかしてアンバランスが趣味？

28 ポルシェの特徴を一つ挙げるとすれば、それは破格のブレーキ性能である。

これは、クルマが好きな人には常識ともいえる。僕がポルシェを買ったときにも、担当者から注意されたのは、「追突に気をつけて下さい。ブレーキが効くので、後ろから突っ込まれる事故が多いのです」というものだった。

よく聞かれるのは、ポルシェのブレーキは世界一であり、そのブレーキ馬力は、駆動馬力の四倍に設定されている、というもの。つまり、エンジンで走るための能力よりも、減速し停止する能力を、それくらい重視したデザインなのだ。

では、何故ポルシェはブレーキが効くのか。その第一の理由は、後方にエンジンを搭載し後輪を駆動するシステムだからであり、このような市販車はほかにない。

現代の車の多くは、前方にエンジンを置き、前輪を駆動する。この場合、前方にウェイトをかけてエンジンの馬力を地面に伝える。加速するときには、後方へ重心が移るから、それを見越して前を重くする必要がある。だが、ブレーキをかけると、重心は前へ移る。そうなると、後ろのタイヤにかかる荷重が小さくなり、タイヤと地面の摩擦《まさつ》の大部分を前輪が受け持たなければならない。

　後輪を駆動するポルシェの方式は、まず加速するときに後輪の荷重が増すので、エンジンの力を地面に伝えやすい。また、ブレーキがかかると、前方に荷重がかかるので、四輪の荷重のバランスが均等に近づき、タイヤの摩擦を最大限に生じさせる。つまり、同じタイヤで、同じ重量の車体であるとき、この形式が最もブレーキが効果を発揮する。

　速く走るためには、速く停まれなければならない。加速力が大きいなら、制動力も大きくしなければ、結果として速く走ることができない。F1のレースカーを見れば一目瞭然だが、前にエンジンを搭載しているものはなく、また、前輪を駆動しているものもない。前方にエンジンを載せ、前輪を駆動するシステムは、室内を広くし、大勢を運ぶためのデザインなのである。ポルシェは、いちおう四人が乗れるシートがあるけれど、後方のシートはお世辞にも快適とはいえない小さなものである。

　実際、運転していて、この素晴らしいブレーキに救われたことがあった。もうぶつかると思っても、手前で停車したことが二度あった。赤信号なのに飛び出してきた子供も救うことができた。アンチロックブレーキが作動し、ガガガと停止し、ステアリングも最後まで効いた。地面が濡れていたが、スリップすることもなく、車体も傾かなかった。

　執筆業で大事なのも、加速力よりも、文章を急停止させるブレーキ力だと思っている。

29 科学技術がこれだけ発達しても、想像した未来とは違っているものが多々ある。

たとえば、ロボットがそうだ。人間と同じように歩いて、話をする、友達になれるようなロボットはまだいない。ロボットと呼べるものが幾つかあるし、人間と見間違うほどでは全然ないにしても、特定の仕事をするロボットらしきものは既に活躍している。荷物を運ぶとか、店で接客をするとか、あるいは自動販売機だって、ロボットの一種だ。そうではなく、もっと人間に近くて、友達のように会話ができて、一緒に遊べる相手みたいな存在。そういうものは、まだない。ペット型だったり、ドラえもんだったり、ヴァーチャルでなら似たものがあるが、どうもイメージと違っている。

それから、戦うロボットもいない。今でも戦場で戦っているのは人間だ。人間が乗り込んで動かすロボットもいない。建設重機が近いけれど、あれをロボットだとは、誰も認識していないだろう。

未来の物語に必ず登場したエアカーも、今のところ普及していない。それどころか、「エアカー」という名称が通じなくなっている。「ドローンのこと?」とか、「空飛ぶクルマね」といわれてしまう。いや、そうじゃなくて、地面から少し浮いて、道路やパイプの中を走るけれど、車輪がないクルマだ。沢山《たくさん》の映画に登場しているはず。「それって、ホバークラフトのこと？」といわれそうだが、うーん、近いかもしれない。

ロボットもエアカーも、技術的に実現できないわけではない。それくらいのものは作れるだろう。ただ、金がかかる。製品として売ったら値段がだいぶ高くなる。そもそも、どうして人間と同じ形でなければならないのか、どうして浮く必要があるのか、という点がかつては考慮されていなかった。ただ、未来ならこれくらいにはなるだろう、といった漠然としたイメージに過ぎなかったのである。

現実は、もう少しシビアにデザインされる。エアカーでどこへ行きたいのか、ロボットに何をさせたいのか、と考えると、もう少し安価で安全にその機能を実現する方法が見つかるから、その結果、タイヤがあった方が低燃費だし、調理するロボットよりも、それぞれの調理器具が賢くなれば良い、という方向へ技術が進む。

これを突き詰めていくと、人間が乗って何をするのか、と考えるから、空から眺めたいのならドローンで充分だ、会話を楽しみたいのならＡＩで充分だ、となる。そのうち、人間がここにいる必要はない、ヴァーチャルで生きれば、もっと省エネでなにもかも安価で安全に実現できる、という現実の未来像が見えてくる。案外、つまらない未来かもね。

30 最初の頃は難しく書こうとしていたが、今は簡単に書くことを心がけている。

そもそも、小説家になるなんて夢にも見なかったことで、特に国語の成績が最低だったから、自分には不適性な仕事だと認識していた。しかし、書いてみないとわからない。当たって砕《くだ》ければ良いか、と思って最初の作品を書いた。

気負っていたというよりも、専門家ではなく、未熟者であり、しかも後進だし、初心者なのだから、思い浮かんだとおりに書いたら、きっと笑われてしまうだろう、という恥ずかしさを隠すためでもあった。つまり、なるべく地が出ないように、丁寧な言い回しというか、少しでも格調のある文章を書かなければ受け入れてもらえないのでは、と心配したからである。このような文体が、最初のシリーズではずっと続いたと思う。

ところが、ネットで読者の反応を見てみると、どちらかというと、文章が硬くて読みにくいという感想が多かった。すると、みんなはもっと平易な文を日頃は読んでいるのか、今の小説というのはそういうものが多いのか、とわかった。自分は小説をあまり読まない。読んでいるのは海外の翻訳ばかりだったから、現状のレベルがわからなかった。

　そこで、少しずつ平易な、つまり読みやすい文章に移行することにした。ただ、急に変えると連続性がなくなるから、少しずつ変化させることにした。自分に最も近い文章というのは、『スカイ・クロラ』がそうだと思う。自然に書けばあのようになる。しかし、自然に書くと、少し特殊で、読み手を限定するかもしれない。最初のシリーズが予想外に売れたので、雰囲気は変えない方が良い。ただ、文章的に平易にしよう、という方向性だ。

「読みやすい」という評価は、今は褒め言葉らしい。僕が子供の頃は、「読み甲斐がある」言い換えれば「読むのにエネルギィが必要だ」というものが文学的だというイメージを持っていた。なにしろ、森鷗外とか吉川英治などの名文に親しんでいるのが、文学少年、文学少女だったからだ。新しい小説なんて読む機会がなく、知らなかったのだ。

　だいたい、小説のファンは若い人が多い。十代で社会人になるまえの人たちは、社会を擬似体験できる物語に興味を持つのだろう。一方、社会人になると、もう自分の人生は大きくは変えられないとの諦めが大きくなり、架空の物語を読んでも、自分には役立たないと考えてしまう。もちろん、小説を読むような時間がなかなか取れなくなることも大きい。他のメディアもいつでもどこでも摂取できる時代になり、しかも安価で膨大な蓄積の中から選ぶことができる。できるだけ効率良くインプットしたい。「読みやすさ」が歓迎されるのは時代の必然かもしれない。作り手は、これに応える必要がある、と考えた。

31 「やっていけない」と「やってはいけない」の微妙な違いについて。

別の言葉でも良い。たとえば、「歩いていけない」と「歩いてはいけない」とか。「は」があるかないかの違いだ。まず、そもそもいずれであっても、二通りの意味に取れる。それは、「やることを続けられない」と「やることを禁止する」の意味だ。これは、「いけない」に、「いくことができない」の意味と、「駄目だ」の意味があるためである。

例を挙げよう。「食べていけない」は、普通は、生活が苦しくて食べるだけのお金がない、という意味になるが、「食べてはいけない」となると、同じ意味にも取れるが、なんらかの理由で、食べることを禁止している、との意味になる。

「学校いけない」は、ちょっと舌足らずな感じだが、学校に行くことができないの意味になるだろう。「学校はいけない」は、同じ意味にも取れるが、学校は駄目だ、悪いところだ、との意味にも取れる。

「いく」という動詞は、さまざまな意味で使われている。ちょうど、英語の take のようでもある。どこかへ移動するという意味のほかに、「行う」と同じ意味、あるいは「死ぬ」という意味や、納得がいくのように、満足するとの意味もある。また、読み方としても「ゆく」がもともとの音らしく、「いく」の方が新しいそうだ。最近よく耳にする「いけてる」は、格好が良いという意味らしいけれど、これは満足するの意味のうちだろうか。そんな多彩な「いく」の否定が「いけない」なので、当然ながら広い意味を持つ。ただ、格好が悪いの意味では、「いけない」は通じず、「いけてない」だろう、きっと。

似ているものに、「なる」がある。これも広い意味に使われる動詞で、否定は「ならない」であり、やはり「いけない」と同じく、「駄目だ」の意味を持つ。「やってはいけない」と「やってはならない」は同じ禁止の意味となる。ただ、こちらは「は」を省略することで意味が変わることはない、という点で少し違っている。

二重否定の「しなければいけない」と「しなければならない」は、どう使い分ければ良いのだろうか。あまり意識していない。どちらもいつでも使えるし、差がない。どちらかというと、後者の方が格調が高いような気がする。僕の個人的感想だが。

丁寧な言葉で使いたいときは、「いけないです」「ならないです」ではなく、「いけません」「なりません」が正しいので、注意しましょう。

誤解を避けるため、「やっていくことができない」と「やるのはいけないことだ」と言い換えるような工夫が必要になる。主語を示す「は」を省く会話の場合、特に必要かと。

32 「鉄道模型」と「模型飛行機」が普及している言い方だが、前後関係に意味が？

「鉄道模型」とはいうが「模型鉄道」とはほとんどいわない。しかし、「模型飛行機」は「飛行機模型」よりも一般によく使われる。両者は言葉の前後が逆になっているが、どのような意味があるのだろうか？

これは、英語でも同じで、model railway と railway model の両者があって、それぞれ使い分けられているのだ。そんな深い意味を知らずに、よく耳にする方を使っているだけ、という人が大半だと思う。それで良い。深く考えたところで、それほどメリットはない。

名詞が並んで複合された言葉は、一般に、前の語が形容であり、後ろの語がその本質を示している。たとえば、庭園鉄道であれば、庭園にある鉄道を示し、鉄道庭園であれば、鉄道のある庭園を示す。後ろの言葉が、そのもの、つまり実体を示す。

すると、鉄道模型というのは、いうまでもなく、鉄道の模型という意味だ。それは鉄道ではない。鉄道に似せた模型であり、それは何だといわれれば、模型なのである。

一方、模型飛行機とは、模型の飛行機という意味だ。これは、模型であるが、その実体は飛行機である。つまり、空を飛ぶための機械でなければならない。だから、ラジコン飛行機とか、ゴム動力の飛行機は、模型飛行機だけれど、プラモデルの飛行機は、空を飛ぶ機能を持っていないので、飛行機模型となる。違いがわかるだろうか？

でも、鉄道模型だって線路の上を走るではないか、という反論があるだろう。ただ、その場合、模型機関車であれば、（少なくとも僕は）許容できる。模型だけれど、機関車の機能を実現している。しかし、たとえば、蒸気機関車やディーゼル機関車なら、蒸気やディーゼルエンジンで走ってほしい。それなら、模型機関車といえる。電気機関車も、架線からパンタグラフで集電して走れば、模型機関車に近づくだろう。

模型鉄道なら、模型で作られた鉄道であり、その鉄道で荷物や人を運ぶ機能が求められる。それが「鉄道」だからだ。そういった鉄道の機能を実現した模型とは、車両だけではなく、鉄道としてのシステム全般を模型化したものでなくてはならない。

ミステリィ小説というのは、小説だ。ミステリィが本質ではない。探偵小説も、小説である。だが、現実には事件を解決するような探偵は存在しないから、登場するのは小説探偵といえる。ミステリィ作家は、まちがいなく作家だ。電子書籍は、電子ではなく、書籍である。ミルクティーは、紅茶だし、コーヒー牛乳は、牛乳だ。シープドッグは犬であり、ドッグシープは羊《ひつじ》である。森ミステリィも森ガールも、森ではない。

33 「足して二で割ったような」という形容は、ほとんどの場合、褒めていない。

この形容は、褒めているようで褒めていない。はっきりいえば、酷評に近いという印象を持つ。既にある程度の評価を得ているAとBがあって、その二つに類似した要素を持っているCを、「AとBを足して二で割った」と評するわけだが、もしCが両方の要素を併《あわ》せ持《も》ち、優れたものであったなら、「二で割った」とはいわれない。「AとBを足したような」といえば良い。何故、わざわざ二で割らなければならないのか。

それは総合した評価が、AやBに及ばないし、しかも二番煎じでもあり、さらにいえば、それぞれの要素を中途半端に備えているにすぎないから、二で割って小さくしなければならない。足して二で割るは、それぞれ二で割ったものを足すことに等しい。

さらにいえば、二で割ったところで、まだ過大だと思われる。割る数字を二にしたのは、控えめな表現であり、つまり「お世辞」に近い。本当のところは、三から五くらいが適当で、それどころか、十で割っても良いほど、評価は低いという場合が少なくない。

もし、Cが本当に優れているなら、「AとBを足して二倍したような」といえば良いかもしれないが、本当に優れたものであれば、わざわざAやBを持ち出さない、それくらいなにか新しいものを持っているはずである。「二倍にした」なんて表現が使われないのは、その「新しさ」や「真価」が、「AとBを足して」という表現で台無しになることを、それなりに優れた審美眼の持ち主なら知っているからである。

そもそも、「個々を足した値を総数で割る」というのが「平均」の定義であり、つまり、もともと持っていた特徴、つまり個性をどんどん足していき、それを総数で割れば、平均的な性状となるわけで、ようするに個性がそれだけ失われ、没個性となることを「平均的」と表現することさえある。けっして褒められたものではない。二つだと、それが目立たないけれど、これとそれとあれと……を全部足して十で割ったような、となると、「受ける要素を詰め込んだ」だけの駄作になること請け合いとなる。

数学的には、この足して二で割る「平均」は相加平均と呼ばれ、それ以外にも、かけた積のルートを取る相乗平均なるものがある。たとえば、1と4の相加平均は2・5だが、相乗平均は2だ。この場合なら「かけてルートを取ったような」という表現になって、少し奥行きがあるというか、表現としての深みが出て、面白いのではないか、と思う。

言い方を替えて、「それぞれを半減させたものを足したような」という表現が出てきても良いだろう。こちらの方が皮肉が効いているが、もちろん意味はまったく同じである。

34
「ちょっとネジが緩《ゆる》んでいる人」は、悠々自適でリラックスしているのではない。

「今度の週末はちょっとネジを緩めたい」といっている人がいた。きっと、だいぶまえから頭のネジが緩んでいたのだろう。「ネジが緩む」は、広辞苑にも載っている。「だらしない」に近い意味だが、わざわざわかりにくいっているので、本当のネジが緩んだ人に通じない可能性は高い。緩んだ頭脳は、「蛍光灯」といわれた時代もある。

また、この緩みを回復させるような行為を「ネジを巻く」といったりするが、ネジは普通は巻けない。巻くのはゼンマイであり、かつては、時計やオルゴールやレコードやおもちゃなどの動力だった。同じ「ネジ」という言葉を使っているが、意味が全然違う。

この誤解を防ぐため、「ネジ」ではなく「ビス」とか「ボルト」と呼ぶようになった。ネジだと、木ネジなども含まれるが、ビスとボルトは先が尖っていない。そして、差し入れる穴の方は、「ネジ穴」とか、あるいは「ナット」と呼ばれる。

ネジは、拡大してみるとわかるが、ようするに「クサビ」と同じである。先の尖ったものを隙間に叩き込んで固定するためのもので、木造建築や木工品によく使われる。

ネジもクサビも、摩擦で固定状態を維持するが、振動を受けると摩擦が失われ、「緩む」ことがある。たとえば、機械はエンジンなどの動力で振動するから、固定していたネジが緩みやすい。だから、頻繁に点検をし、緩んだネジを締め直す必要がある。

締め直すよりも、緩まないようにする方が合理的だ。この目的で、スプリングワッシャという留め具がある。バネがきいたワッシャで、振動しても摩擦が途切れないようにする。また、ダブルナットといって、ナットを二重に締める方法もある。あるいは、ロックタイトに代表される、ネジ固定用の接着剤もある。接着してしまったら、ネジの意味がないではないか、と思われるかもしれないが、固着強度が各種選べるし、半永久的にロックするものでも、熱を加えることで接着効果が消える。

一方、人間の頭脳のネジは、緩まないようにする効果的な方法はないようだ。自分で気をつけて、常に緊張していれば大丈夫かもしれないが、それこそストレスが溜まって、別のところで悪い症状が出そうだ。古来、「集中しろ」という言葉で、勉強や仕事をする人たちを鼓舞し、緩まないようにした歴史がある。だが、緩まない人間なんていない。そんな頭脳は存在しない。集中するスイッチがあるわけでもない。人間の集中力に頼っていたあらゆる仕事が、機械やコンピュータによってカバーされている事実から、「集中しろ」が無理な要求だったことは明らかだ。それに、歳を取るほど、緩みっぱなしになる。

35

意見の相違を、言葉の違いに還元してしまうと、歩み寄ることができなくなる。

あまり良い例ではないかもしれないが、たとえばの話、日米安全保障条約について、このような意見の対立がある。賛成の人は、「中国や北朝鮮が攻めてきたら、どうするのか？　アメリカの協力がなければ、そんな事態になってしまう」という。一方、反対の人は、「アメリカと軍事同盟を結ぶことで、日本は戦争に巻き込まれることになる。アメリカは世界中で戦争に加担しているではないか」という。この場合、両者ともに、戦争を避けたいことでは一致しているが、アメリカと条約を結ぶと、どのような影響があるかで意見が分かれている。ただ、そのいずれもが可能性があることは自明で、この条約は抑止にもなるし巻添えにもなる。すなわち、影響のいずれが大きいかで意見が分かれているわけで、予測の違いといえるものの、両者の優劣を決めるような予測データは存在しない。ようするに、この意見の対立は、いずれの意見も個人の心の中でも対立しているはずだ。いってみれば、まったく同じ立場であり、意見が分かれているとはいえない。

理屈的にはほとんど対立していないにもかかわらず、両者が相容れない立場としてお互いを非難し合うのは、軍事が好きか嫌いか、アメリカが好きか嫌いか、といった少なからず感覚的な差異に起因しているようにも見受けられるが、いかがだろうか。

戦争というものは絶対悪だから、と戦争を引き起こすものにはすべて反対する人がいる。一方では、もし戦争になったときに日本にも軍事力が必要だし、アメリカとの同盟も有効だ、と考える人もいる。前者は、戦争が起こらないようにと考え、後者は、戦争がおきたときのことを考えている。だから、前提が異なっている。核兵器についても同様で、核兵器を廃絶しろという人と、抑止としての核が今は必要だと考える人がいるが、これらは意見の対立というよりも、見据えている視点が異なっているだけで、意見をすり合わせて、妥協点を得ることはできない。目標なのか方法なのか、という論点の違いである。

原発についても、絶対反対という人と、今は必要だろうという人がいて、意見が対立しているように見えるが、実際に問題を突き詰めていくと、両者が社会の安心・安全を第一に考えていることでは一致している。まったく正反対の立場とはいえない場合が多い。

しかし、とにかく言葉として、賛成か反対かという決めつけ、思い込みが横行しているため、二つにはっきり分かれた集団のどちらに属するのかだけで、人を判断しようとする危険がある。最近だと、「あの人はワクチン賛成派だから信用できない」みたいなことをおっしゃる馬鹿が出てきた。まあ、わかりやすい馬鹿なので無害ではあるけれど。

36 「下手に成功すると、親類縁者から集《たか》られる」と危惧する人がいるが、いかがか。

だから、自分はそんなに成功したくない、という意味らしい。もっともな観測である。こういう思考をする人の周囲には同じような人たちが集まっている可能性が高いからだ。それから、「下手に成功する」という言い回しがなんとも古風で、今どきはあまり聞かないし、いわば、被害妄想的な思考のお家芸ともいえる表現ではないか。「下手に成功しないで、上手に成功すれば良いのでは」といいたくなるけれど、いわない方が華だ。

おそらく、苦労を重ね、骨身を削って成功した場合ではなく、宝くじに当たったとか、ちょっとした偶然で幸運を摑《つか》んだ場合を想定して、「下手に」と揶揄《やゆ》しているものと思われる。たしかに、くじに当選するのは、本人の努力ではない、つまり運であり、それは親類縁者のグループ全体としての運だと考えることもできる。だから、少しくらい「お相伴《しょうばん》にあずかって」も良いだろうという理屈だ。饗宴に陪席《ばいせき》する人がいうわけだから、謙《へりくだ》っているものの、運というのはみんなで共有してこそ喜ばしい、との理屈を前面に押し出している。これを、今日ではシンプルに「集られる」と表現する。人が集まると同じ漢字で、

「人集《ひとだか》り」となる。運だけに、運命共同体なのだ。

　こういう仲間の絆に弱い人がいる。日頃から友人とのつき合いを大事にしているから、自分の幸せは、できればみんなに還元したいという気持ちを持っている。だから、少しは奢《おご》ったり、分け合ったりしたい。ところが、もらう方は多ければ多いほど良い。しかも、血が濃くなるほど、親友になるほど、その欲求は強くなり、もらって当然だ、となる。

　さて、僕の話をしよう。しがない公務員だったが、小説を書いてみたら、これが大当たりして大金を得た。しかし、今のところ一銭も人から集られていない。金を貸してくれといわれたこともないし、奢ってくれといわれたこともない。事実、人に金を貸したことは一度もない。人に奢ることとは、講座の学生に対してならあるけれど、それ以外ではない。親類縁者は、そもそも小説家になったことさえ知らないだろう。以前も以後も変わりのないつき合いだし、そもそも滅多に会わない。ここ十年ほどは、誰にも会っていない。

　これは、ラッキィだったのだろうか。金に困っている人が身近にいなかっただけかもしれない。親父の世代では、社会全体が貧しかったこともあって、ちょっとした金に人が群がることが頻繁にあったと聞く。親父は、どんなに親しくても、友達と金の貸し借りはするな、といっていた。彼は、義理堅い人だったので、それができなくて、おそらく損をした経験があったのだろう、と想像する。社会は平均的には豊かになっているはずだ。

37

自転車に乗るのが好きな子供だったな、と思い出すことがあるし、夢にも見る。

親戚が自転車店を経営していて、子供の頃から、自転車に不自由しなかった。小学生のときには、ほぼ毎日自転車で遊びに出かけていた。まえに書いたが、四年生のときに親には内緒のまま、名古屋市を東から西へ横断し、片道二十キロほどのサイクリングに出かけて、あとで叱られたことがある。親父は、子供の安全について煩《うるさ》い人だった。自転車店の息子（僕の従兄弟《いとこ》）は、十代後半で大型バイクに乗っていた。僕の親父もスクータに乗っていたことがある。しかし、その従兄弟に「絶対に博嗣を乗せるな」と親父は厳命していた。エンジンを止めて駐車しているバイクの後部座席に乗せてもらっている写真が残っている。親父は、僕が大人になっても、「二輪だけは駄目だ」といっていた。ほかに禁止されたのは登山で、この二つ以外はなんでも自由にしろ、ということだった。バイクと登山が危険だという認識だったのだろう。しかし、僕は中学ではワンゲル部で、山に登った経験は何度もある。親父には、ピクニック部だと説明していた。

大学生のときに、友達の原付を借りて、構内で乗ったことはある。公道を走ったことは一度もない。原付といえば、ミツワ自動車のキットカーを組み立てて運転したが、あれは二輪ではなく四輪である。

　大人になってからは、三重県の津市に住んでいたとき、大学まで自転車で通勤したことがあった。しかし、自動車でも通勤できたし、駐車場も余裕があった。暖かくて気持ちの良い気候のときだけ自転車で、片道六キロほどを走った。潮風が爽《さわ》やかな土地で、悪い印象はない。川を渡る橋の手前だけが上り坂で、あとは平坦だったからだ。

　それ以後は、坂の多い土地に住むことが多く、自転車は事実上役に立たなかった。けっこう近くでも、自動車で出かけていく生活が続いている。そのうち、電動アシスト自転車が普及したけれど、自転車自体が重くて扱いにくいし、あれに乗るくらいなら、電動バイクの方が良いと思ってしまう。しかし、今になって思えば、ハイブリッドだったわけだ。

　実体験はないのにバイクに乗って通勤する夢をよく見る。小型のバイクで、ホンダのモンキイかモトコンポっぽいものに乗っている。街中を走るのだが、周囲の車よりも遅い。それでも、乗るのが楽しい。そんな夢である。自転車通勤の体験が基になっているのか。

　自転車に乗れないという運動神経の友人がいて、彼はバイク通学だった。「自転車は乗れないがバイクなら乗れる」と変な自慢をしていた。ようするにペダルを漕ぎつつバランスが取れないのだろう。最近の子供が乗っているキックバイクもペダルがない。

38

「面白いし、次を読みたくなるし、納得もできるが、共感しがたい」作家らしい。

もちろん、森博嗣のことである。このようにいわれることがしばしばある。多くはないものの、目立った感想として真摯に受け止めている（と書いておくのが無難か）。おそらく、「書かれている内容」にはぎりぎり同意できても、「自分はこんなふうにはできない」「これは森博嗣だからできたんだ」というような気持ちと推察する。そのとおりに言葉で書かれているものも散見される。

もちろん、僕は「僕を見習いなさい」なんて内容を書いたことは一度もない。でも、普通の本、特に啓蒙的なものは、だいたい「私についてきなさい」「私のやり方をおすすめする」という方向性なので、そう思わせてくれる（信じさせてくれる）本を、読者は求めているだろう。その手の本がよく売れるのだろう、と想像する。

そういうものを僕は書けない。何故なら、ついてきてほしいなんて思ったことがない。僕みたいにしたら良いのになんて考えたことさえない。そんなに自分のことを評価していない。評価してもらいたいとも考えない。むしろ、こんな人間の真似をしない方が賢明だ、という「確率によって失敗を避ける方法」に近いものを書いているつもりだ。

森博嗣だからできたこと、というのはそのとおりである。ほかの人ではできない確率が高い。それはどんな成功例でも同じで、成功した理由は、その人の方法にあったのではなく、その人本人にあったはずだ。そうでなければ、もっと何倍もの成功者が世に出る結果となり、シェアするとその成功は小さくなるから、成功とはいえなくなっていただろう。

それから、タイトルにあるような感想が、無意識の感覚として示しているのは、多くの人が純粋な面白さよりも、共感できるものを求めていることである。本を読むのは、面白さを求める動機からだと思われるが、実はそうではない、という点に注目したい。

この理屈を応用すると、試験を受けたとき、合格することよりも、不合格であっても周囲から慰《なぐさ》められる方が良い、作家デビューできることよりも、周囲に読んでもらって友達が増える方が嬉しい、恋人ができて結婚し家庭を築くよりも、独り身でも愚痴を言い合う仲間がいて飲み会ができる方が良い、というように展開できる。本来掲げられる目標に到達することよりも、そのプロセスで自分を認めてもらいたい。「共感したい」というのは、自分と同じであることを感じ、ひいては自分の立場を周囲に理解してもらいたい、という心理だろう。その種の要素が、森博嗣の作品に欠けているのは、「共感してほしい」気持ちがそもそも僕にはないからであって、正直、これればかりはしかたがない。

39
「道徳」というものが、今ひとつわからない。胡散《うさん》臭い感じがしてならない。

小学生のときに、「道徳」という学課があった。印象の薄い学課で、何を教えてもらったのか、あまり覚えていない。なんというのか、当たり前のことが教科書に書かれていた。中学になると、これがなくなり、「宗教」という学課があった。僕が入学したのが、仏教関係の私学だったからだ。しかし、この授業も印象が薄い。何を教えてもらったのか、記憶がまったくない。担当の先生はそのときの校長で、ほとんど雑談のような感じだったから、話が面白かったことは思い出せるのだが、具体的な内容は頭に残っていない。仏教に関する逸話かなにかで、古文の授業とたいして違いがなかったように思う。高校では、この科目が「倫理」に変わった。社会科のうちの一つになったようだった。

「道徳」とは、いったい何だろうか。英語では「モラル」という。なんとなくだが、「人の道」のようなものらしい。だが、マナーのような規則ではない。具体的な作法として明文化できないのかもしれない。もっと、抽象的で、行動の原理となる思想の基盤のようなものらしい。ただ、言葉にすると、お互いに助け合いましょう、人を裏切らない、信頼される人になりましょう、弱者を助けましょう、誠実、正義、正直、尊敬、慈しみ、慈悲、共同、協力、友愛、辛抱、自己犠牲、平和、平等、安全、安心、などの綺麗な言葉に集約されていく。多くの人たちが、こういったものを快く感じるのは、どうも本当らしい。

ただ、あまりにも綺麗事なのが、最も気になるところだ。そもそも、道徳というのは、考え方であったり感情であったり、ようするに心の中の問題だ。しかし、実際には、老人を助けて手を引いたり、席を譲ったり、という行動に出なければならない、と教える。それが「良い行い」だと子供たちに教える。その場合、恥ずかしいとか、やりたくないと考える子供だっているはずだが、そんな自分に素直な気持ちを抑制し、つまり我慢をして、道徳的な行動を選択することを促す。なかには、そうすることで「気持ちが晴れやかになる」とも教える。だが、すべての子供が晴れやかになれるかどうかはわからない。

人にはそれぞれ、その人の考え方、価値観というものがあって、それに基づいて行動するのだが、その価値観に訴えかけているのが道徳である。これは、ある種の「洗脳」に近い統制といっても良い。現に、戦争中の日本では、戦うことは道徳的だったのだ。道徳は、その時代、その社会、その地域で違っていて、なにかしらの集団行動を促す。別の言葉でいえば、政治的でもある。日本人ならこうしなければならない、こう考えなければならない、と誘導しているものだ。僕には、そこが胡散臭く感じられてしまうのである。

40

保身のための沈黙を嫌う人が多いけれど、人権の基本として認められている。

組織内で不祥事が発覚したとき、どうして見過ごされていたのか、という点が問題になる。そのとき、二つの弁明が聞かれる。一つは、「私は知らなかった」というもの。不祥事だという認識がなかったというわけだ。もう一つは、「知っていたが、立場上言い出せなかった」というもの。つまり、隠蔽《いんぺい》するようにとの圧力があり、保身のために黙っていたという場合だ。この二つのうち、日本人は前者の弁明をしたがる傾向にある。何故なら、「知らなかったのだから、私は無関係だ」と言い張れる。責任を逃れられる可能性があるからだ。政治家などは、ほぼこの弁明をし、部下のせいにして自身は無実だと訴える。責任を取る場合でも、部下の監督責任として処理され、自分に傷がつかない。大衆も、知らなかったのだから、とばっちりであって可哀想だ、と同情する傾向にある。

だが、「知らなかった」という部分は、明らかに能力不足であり、その職務に不適性だった証拠なので、威張っていえることではない。知るのが当然の立場だと客観的にいえるものが多く、そんな大事なことを上司に報告しない部下なんているのか、と首を傾げたくなるし、そんな部下を任命したことも、職務に対して能力不足だったといえる。

「知っていたが黙っていた」との弁明は、自分の判断で嘘をついていたことに等しいが、少なくとも「嘘」を告白している分、弁明として誠実さが感じられる。「我が身可愛さに」という非難が浴びせられるが、誰だって我が身は可愛い。実際に脅迫され強要されていなくても、自身の立場上、忖度する以外になかった、との弁明は理屈が通る。

「知らなかった」といえば、尊厳が保たれるが、「知っていて黙っていた」といえば、さんざん非難が浴びせられるだろう。特に、日本人はその傾向が強い。「嘘をつきました」という告白に、同情しようとしない空気がある。これは、日本以外では少し違うようだ。おそらく、告白をした者を神は許される、という価値観があるためだろう。話したくなかったら黙っていても良い、でも、神の前では正直に話しなさい、という文化だ。

べつに、文句をいうつもりはない。嘘は悪だ、との道徳的価値観というものは、現に大勢の人たちの意識に根を張っているし、ときどき何が道徳的かを確認するのも良いと思うし、これを題材として、子供たちも交え、みんなで議論するのも有意義だろう。

似たものとして「良心」なるものがある。これは道徳的な心のことだろうか。そもそも教えられるものではない。保身というのは、道徳や良心と対立するが、現在では人権として認められている。聖人でもないかぎり、人間は弱いものだ、との解釈からだろうか。

41

「ゆるキャラ」というのは、何がゆるいのか。ゆるくなければ「きつキャラ」か？

昔からいたのに、最近になって「ゆるキャラ」と呼ばれるようになった。それ以前は、「マスコット」と呼ばれていた。何が変わったのか、まったくわからない。見た目にそれらしい違いは見出せない。だいたい、頭が大きくて、とぼけたような顔をしている。

「ゆる」は、「緩い」の意味だと思われる。緩いとは、軟らかい、張り詰めていないことだが、彼らの何が緩いのか定かではない。性格が大人しい、という意味だとしたら、「やさしキャラ」の方が良いように思う。一番近いのは幼児だろうか。ようするに動物（特に哺乳類と鳥類）は、生まれたばかりのときは、ゆるキャラである。

マスコットといえば、ディズニーのミッキーなんかがそうだ。よく知らないが、見た感じは、それほど緩くない。機敏に動くし、テンションが異様に高い。どちらかというと、「きつキャラ」かもしれない。ゆるキャラの一部には、しっかり者のきつキャラがいる。

ゆるキャラに共通する特徴は、でかいことだ。幼い感じに見えるのは、イラストなどになっているときだけで、みんなの前にリアルで登場すると、子供がびっくりして泣き出すほどでかい。これには例外がないだろう。何故なら、中に大人が入っているからだ。

昔からこの種のキャラクタは、各地の遊園地などで見られたし、ＴＶの子供番組にも登場している。これらのいずれも、とにかくでかかった。物語の中にいるときはでかくないのに、子供たちと一緒に体操をしたりするときはでかくなった。その点、『セサミストリート』では、それ相応のサイズで、でかいのはビッグバードとスナッフルくらいで、それ以外のキャラはでかくない。このあたりは、さすがに西洋のリアリティ主義である。

日本は、サイズにあまりこだわらない文化があって、ゴジラのようにめちゃくちゃ大きくしてしまう。鉄人28号などは、大きいときと、さほど大きくないときがある。ドラえもんも実写にしたら、ゆるキャラくらいのサイズに絶対なったはずだ。

話を戻して、「緩い」というのは、普通は褒める言葉には使わない。多くは、たるんでいる、だらだらしている、なまけている、ぼんやりしている、気が利かない、仕事が遅い、などの意味で人を非難する形容といえる。かつてはそうだった。しかし、「ゆとり教育」なるものが台頭し、子供を叱らず、のびのびと育てるムーブメントがあった。そんな中でゆるキャラたちも登場した。発泡スチロールで軽量に作る加工技術によって実現したものだが、時代にもマッチしていたことは確かである。少し遅れて、「可愛い」や「イヌネコ」のムーブメントも起こった。見ただけで微笑むことができる性能を有している。

42 「軽率」というのは、悪い結果になる場合にしか使わない？

最近は、そうでもない使用例に出会うことがあった。たぶん、誤用か、あるいはちょっと面白い言い回しのジョークなのか。たとえば、「いつでも、軽率に遊びにきてね」なんていう。これは、「軽い気持ちで」に近い。今風にいえば「軽いノリで」かな。近い言葉に「軽はずみに」があるが、これも悪い結果を招くときにしか使わないので、「軽はずみで来ちゃいました」なんていったら、面白いけれど、場所と相手を選ぶジョークとなる。

「軽率」はときどき「軽卒」とも書かれる。「率先」や「引率」の「率」と同じで、何人かを導く意味があって、そういうことを「軽く」やってしまうと、失敗する。

「軽率」と「軽はずみ」は意味が似ていて、ほとんど差がないように感じられるけれど、考えて判断した場合でも、失敗したら「軽率」になるのに対して、そういった判断さえせず、周囲に流されてついやってしまうのが「軽はずみ」である。ちょっとだけ違う。

「率」か「卒」かは、非常に間違いやすい。「軽率」が本当だが「軽卒」も辞書にある。「率直」などは前者で、「卒倒」は後者。字も似ているから紛らわしい。そもそも、「率」

は「りつ」と読む場合が目立つから、「そつ」だったら「卒業」の字だろう、と思ってしまう。テストの引っかけ問題に出そうだ。

「真率」というのは、正直で飾らないこと。率直の「率」と同じである。同じ音で「新卒」は、卒業したての人の意味になってしまう。「卒業」の「卒」は終了するの意味。

「何卒」というのは、「なにとぞ」と読む。意味は、英語のプリーズと同じで、「どうか」「なんとかして」であり、「お願いいたします」の前に来る。どうして、これが「とぞ」と読めるのか不思議だ、と思う人が多いはず。そういう人は、ネットで調べましょう。「とぞ」は、今だったら「とか」と同じだと思う。「なんとか」と言い換えられる。

ちなみに、「そつがない」という言葉の「そつ」は、「無駄」という意味だが、これは「卒」の字を当てて書くのをしばしば見かけるが、単なる当て字。たぶん、昔からあった言葉で、漢字がないのだろう。同じ意味で「如才」があるが、これも本当は「如在」らしい。いるかのように、あるかのように見せかけるわけで、つまり「無駄」や「誤魔化《ごまか》し」に近くて、「そつなく」とは、そういった「ぬかり」がないの意味。この「ぬかり」はもちろん、「抜けているところ」のことである。軽卒に、どんどん連想してしまった。

「軽率の誹《そし》りを免れない」は決まり文句で、政治家が派手なパーティで軽はずみな行動をしたときに、それを重々しく受け止めたとの態度を示す場合などに使う。

43 仕事に愛を持つ人と、仕事を金儲けだと考える人は、何が違っているのだろう？

世の中の人の大半は、愛をもって仕事に打ち込む人を応援したくなるのだろう。だから、ＴＶなどに登場する仕事人は、ほぼ間違いなく、情熱を語る。仕事において自分が成長することが嬉しい、という言葉もよく聞かれるし、「お客様の笑顔が見たい」という動機も、常套句《じょうとうく》といえる。さらに頻繁に出てくる言葉は、「少しでも」である。少しでも成長できれば、少しでもお客様の笑顔が見られれば、という具合に使って、謙遜を紛《まぎ》れ込《こ》ませる。一方、客になる人の方も、「少しでも応援ができれば」といって金を払う。

そういった場面には、金を儲けることが目的だ、という供給側の本音と、金を節約することが目的だ、という消費側の本音は、表に出てこない。表に出さなくても、そんなことは当然であり、わざわざ言葉にするほどのことではない、との認識があるのだろう。「金の話はするな」「お金の問題ではない」とわざわざ否定することはあっても、お金に対する拘りが強い人ほど、その種の話を避けたいように見えてしまう。

さて、その仕事によって生産されたものを購入する消費者からすれば、生産者の姿勢というものは、どうだって良い。特に、購入してすぐに消費してしまうもの、つまり、修理をしたりといったアフタケアがないものであれば、購入する金額と、その製品の品質のバランスだけが問題となる。出費する額に相応しい価値が得られるか、ということだ。

もちろん、製作者の姿勢も汲み取りたい、という消費者も存在する。頑張って作っている人に共感したい、そういう作者のファンになりたい、との願望を、価格に上乗せできる人は、そうすれば良い。製品の品質よりも、むしろ作者の姿勢、格好の良さ、人生哲学などを買っているのだ、というのもけっこうなことだと思う。趣味は各自自由である。

そういう話をするなら、生産者も、仕事への愛とお客様の満足を本当に追求するならば、それだけ価格を下げるか、極端な場合は無料で提供する手があるだろう。これも立派な姿勢である。下げる額が大きいほど、多くの人の心を摑むことだろう。

僕の場合はそうではない、という話である。僕は、生産者の姿勢には興味がない。どんな人が作っているのかも気にならない。産地がどこでも良い、どこの国でも良い。品物の品質、性能、価格などの「結果」が問題であり、生産者の姿勢はそこに現れるものだと理解している。どれだけ努力をしたか、苦労をしたかも、関係ないといえる。

このような無情で無慈悲な消費者なので、きっと僕の心は誰にも届かないだろう。そういう気持ちが他者に届くものだ、とも考えていないので、あしからず。

44 先日、奥様が「麺がぱしぱしだ」とおっしゃったが、意味がわからなかった。

結婚して四十二年にもなるのに、未だに充分な意思の疎通ができていない。同じ日本語でコミュニケーションを取っているのに。「ぱしぱし」というのは、どんな状況なのだろうか。その場は慌てず聞き流し、記憶に留めて、のちほど検索してみた。

「ぱしぱし」とは、「しきりに瞬《まばた》きをするさま」とある。これは明らかに違う。ただし、「目をぱしぱしさせた」というのも聞いたことがない。二つめの意味として、「固くて薄いものが折れ曲がったり、触れ合ったりするときの音」とあった。うーん、煎餅《せんべい》を割ったときかな。しかし、「触れ合う」とは何だ？　どうも意味がわからない。しかし、こちらの意味は、麺の状況には関係ありそうにない。どうも、「固い」に近い意味らしい。うどんでは、「腰がある」という場合が多いけれど、ようするに、アルデンテのことかと想像。

名古屋では、味噌煮込みうどんが名物といわれている。僕も、何度か食べにいったし、名古屋へ遊びにきた客を連れていったこともある。たしかに、麺が固い。食べているうちに、だんだん軟らかくなるように設定しているのだろうか。それよりも、土鍋で届くうどんがとにかく熱い。熱くて食べられないから、土鍋の蓋に少しずつ移して食べると良い、と店員が指導している。あと、味噌煮込みうどん以外のメニューがない。トッピングが、豚肉か、あとは覚えていないが、三種類くらいあるだけだ。少し冷ましたやつとか、少し軟らかいやつがあったら良いのに、と思ったことがあるが、その点は硬派なのだ。

そうそう、奥様（あえて敬称）が「ぱしぱし」とおっしゃったときも、この店の味噌煮込みうどんを食べていたのだ。お取り寄せができる。店で食べるほど本格ではないが、まあまあの再現性で美味しい。本格ではないというのは、読者にすべての手がかりを提示しない、という意味ではなく、あえていえば、自分の家で作るのだから、それほど熱くなく、トッピングも自由だ、という点に相違があるからだ。

いつだったか、ズボンが少し大きめのことを、僕が「だぶだぶだ」と奥様にいったら、「だぶだぶって何？」といわれた。たしかに、この種の表現は、地方によってさまざまなので、通じないことがある。「がばがば」だったら通じたかもしれない。帽子や靴だったら「がばがば」の方が適切だろうが、シャツやズボンは「だぶだぶ」である。逆に、少し小さめの場合は、「ぴちぴち」だろうか、それとも「きつきつ」かな。もしかしたら、「ぴしぴし」もありか、その延長で「ぱしぱし」もいけそうな気がしてきた。奥様に尋ねたところ、「ぱつんぱつん」にきまっているでしょ、とおっしゃった。ぱつんぱつん？

45 ここまで二十日ほどで書いてきて、目眩《めまい》に襲われた。執筆に向かない作家である。

良性とはいえ、若い頃から目眩の持病がある。今まで一番酷かったのは、七年ほどまえになるが、運転中に気持ちが悪くなり、救急搬送後一週間の入院となった。しかし、このときに各種の精密検査をしたおかげで、良性発作性目眩症とわかった。覚えている範囲でも、十代の頃から症状があった。数年に一回くらい発症して、だいたい一日から三日くらいで収まる。胃の中が空になるほどの嘔吐や下痢も伴い、食欲もなくなるので、一度発症すると、五キロは痩せる。ダイエットとしては都合が良いといえる。

本作を書き始めたのが四月初めで、今日は二十日。昨日の朝に久しぶりに目眩があった。しかし、この頃は心得ていて、どうすれば良いかわかっているので、生活には支障がない。頭の角度、見る角度に気をつけ、できれば寝ているのが良い。昨日一日は食事もせず、飲むのもほんの少し。今朝には治っていた。体重は一キロしか減少していない。上手く受け流したといえる。それで、今日はまた一ページだけ書こうか、と始めたところだ。

工作など、好きなことをしていれば問題ない。現に、昨日の午後は、戦車のキットを組み立てた。モニタを見つめるのも問題ない。キーボードを叩くのは駄目。姿勢なのか、それとも筋肉の使いようなのか、よくわからない。好きなことはできて、嫌いなことはできない、という都合の良い病気である。研究が仕事だった頃は、目眩が出たら、椅子に深く腰掛けて、考えることにした。なにか思いついても、姿勢を変えてメモしたり、資料を探したりはしない。ただ考えているだけなら、問題なく生きていられたのである。

今日は、朝から芝生に肥料を撒《ま》き、長女が壊した鍬《くわ》を工作室で直し、朝夕の犬の散歩にも行った（これは昨日もできた）。しばらく、自動車の運転は我慢。しかし、庭園鉄道の列車の運転はその限りではない。

七年まえの入院以来、近所の医者に二カ月に一度診てもらっている。先日は、心電図を取り、胸部のレントゲンも撮った。血液検査は半年に一度行っている。今のところ異状はなにもない。それでも、本人は長く生きられるとは信じていない。もうしばらくだろう、普通に生きていられるのは。デフォルトが不健康なのである。

そんなこともあって、作家の仕事も長くは続かないだろう、と二十年くらいまえから思っていた。そのうち仕事がなくなるから、こっそり辞められるとも考えていた。どういうわけか、ずるずるとここまで来てしまった。「いずれ辞めますよ」といってからも、だいぶ経つ。確かなことは、僕の気持ちや予定は、ずっと変わりがないことだ。

46

軍手も靴下も面対称であり、左右の区別がない。ではTシャツはどうか？

昨日、風呂に入っているとき、湯に浸かりながら、ガラス張りの向こうの部屋にあるゴム手袋を眺めていて、「あれは面対称だな」と思った。すぐにその点を考えながら、一ページ書けると踏んだのだが、目眩の日は一日休むことにしたので、執筆が今日になった。

手袋がすべて面対称ではない。ゴム手袋でも、形が左右で違うものがある。軍手は面対称だから、左右の区別がない。靴下もたいてい面対称なので、左右どちらにも履ける。

しかし、軍手と靴下の面対称には少し違いがある。軍手は左右の手に着けたとき、手の平と手の甲が入れ替わる。右手で手の平側を汚したあと左手に着けると、汚れは手の甲側に移る。靴下は、足の裏と足の甲が入れ替わるような履き方はできない。靴下の場合は、足の右側と左側が入れ替わるからだ。これは、軍手や靴下の問題ではなく、人間の手と足の問題で、手は五本の指の中心を通る面で対称だが、足は中指の中心を通る垂直面で対称なのである。と書いてしまうと嘘になる。足にも五本の指があって、親指側と小指側で明らかに形が違う。ただ、靴下にはその差が反映されていないものが多く、中指の左右で対称に作られている。この点、一般的な靴は親指側と小指側が異なる形状になっていて、面対称とならない。だから、左右の靴を交換することができない。こういったことを、風呂に入りながら考える人は、もしかしたら珍しいのかもしれない。

Tシャツはどうだろう。僕はよく前後を反対に着てしまうことがあって、そのたびに、「前後対称に作っておけよ」と悪態を吐《つ》くのだけれど、実際に前後対称にしたら、おそらくどことなくしっくりこない着心地となるだろう。首の前は少し大きく開いているが、首の後ろはそうではない。特に猫背の人は、前のめりになっているから、この方が都合が良い。ズボンも、開け閉めするところがないジャージなどは、前後対称でも問題ないだろう。人間の体は、腕も脚も前後対称ではないが、布の伸縮性でカバーされているのだ。

ちなみに、トポロジィ的には、手袋も靴下も帽子も、穴が一つの袋であり、これは穴がない一枚の布と同じ物体といえる。穴が二つのものは、腹巻やスカート。穴が三つは、ズボン、穴が四つはシャツである。どんなに伸びる布で作られていても、穴の数が違うものでは代替することはできない。穴が多いものは、穴が少ないものの上位互換だから、使わない穴を気にしなければ、ぐっと伸ばして代わりに身に着けることが可能である。

靴はセットで売られるが、靴下や軍手は、片方で売っても良いものと考えられる。つまらないことをわざわざ書くな、と思われた人は、頭の中が対称なのではないか。

47 ミステリィを書いていて最も納得がいかなかったのは、「探偵」という職業だ。

日本のミステリィに登場する「探偵」は、現実にはいない。有名な事件を解決したことがある伝説の名探偵の名前を一人でも挙げられるだろうか？　そんな人は存在しない。海外でもまったく同じだ。そもそも海外には、「探偵」という言葉さえない。事件を解決するのは、警察だし、警察以外の人間が、捜査を行うことが事実上できない。もちろん、素人探偵がなにかを勝手に捜査することがあるかもしれないが、プライベートな領域に踏み込むことは法律で規制される。ペットの捜索をするサービスとか、不倫の証拠を摑んでほしい、といった需要はあり、このような仕事を請け負う興信所は存在する。そういうところが、「探偵」と名乗っているが、事件を解決するような仕事はしていない。

警察の人間が事件を解決する物語は書きやすいが、そうでない場合は、非常にやっかいだ。どうして事件に関わることになったのか、を考えなければならないし、捜査する動機も説明しなければならない。特に、複数の事件を解決したことのある名探偵になってしまうと、ますます難しい。そんなに何度も身近で事件が起こるのかと不自然になるからだ。

一方で、刑事を探偵役にすると、科学捜査となり、集団の仕事の蓄積を描く必要があって、読者が感情移入しにくくなる。チーム内の誰かを主人公にするしかないが、たいていの場合、組織内での不自由さ（特に上司の無理解）が重くのしかかって面白くない。僕は、毎日一本はミステリィの映画かドラマを見ているけれど、イギリスもアメリカも、その他のどの国でも、殺人事件を担当し、解決を目指して奔走するのは警官だ。例外といえば、古典的で時代劇風のクリスティの原作くらいである。クリスティは、何故か警察外の探偵を使った。ポアロやホームズの時代には、それが可能だった。日本でも、江戸時代か明治時代くらいまでならできるかもしれない。

まえにも書いたが、携帯電話、コンピュータ、ネット、DNA鑑定、防犯カメラなどが登場した現代では、ますます探偵が必要なくなった。というよりも、推理が必要なくなった。必要ないというのは控えめな表現で、今ではむしろ、推理は「悪」あるいは「違法」でもある。そんな手段で犯人を特定し、捕まえても、裁判で立証ができない。

というわけで、今世紀になってからは、ミステリィ、特に本格ミステリィは瀕死《ひんし》といえる。非常に芝居がかった非現実的な物語しか作れない。いわば、ファンタジィである。

読者も新しくなっていて、人殺し小説なんか読みたくない、という反応が増えつつあり、風当たりが強くなってきた。今さらではあるけれど、この愚痴は今回が最後です。

48 「無上」と「無下」が正反対の言葉でないのは何故なのだろうか？

「無上」というのは、「これ以上のものはない」というそのままの意味で、わかりやすい。「無上の喜びです」などと強調したいときに使う。最近だと「言葉にならないほど」というのをよく耳にするが、「なっとるやん」と突っ込みたくなるので、「無上」の方が上品かもしれない。もちろん、「最高」という言葉を子供は最初に覚えるだろう。半分くらいは、「サイコー」というだけで、何が最高なのか省略されていて、舌足らずになる。

「無下」は、もちろん、「最低」の意味もあるのだが、「無上」に比べるとそれ以外の意味がいろいろあって、使いにくいかもしれない。最も多いのは、「無下にした」という物言いで、これは「無駄にした」か「虚《むな》しくした」みたいな意味になる。「せっかくの親切を無下にした」のように使って、ただ無駄にしたという以上に、相手に対する不満が含まれる表現になる。「無下に断られた」という場合は、容赦のない感じで、「取りつく島がない」にも似ている。つっけんどんで、けんもほろろに断る様を示す。ただ、「取りつく島もない」も「つっけんどん」も「けんもほろろ」も難しい表現であるから、説明になっていない。今の若者だったら、「ばっさり断られた」というのだろうか。

「無下」は、「最低」のほかに、「卑《いや》しい」という意味もあるが、「無上」には、「高貴な」という意味はなさそうだ。高いものは素直にそのまま言葉にすれば良いのに対して、低いものは少しわかりにくい表現にして、ぼかした方が上品だからだろうか。

似た言葉で、「無類」がある。これは、比べるものがないほど抜きん出ている、という意味だが、大抵の場合は褒めるときに使われる。「無類の馬鹿」という使用法もないわけではないけれど、これは半分はジョークっぽい。

上と下があるのだから「無右」「無左」もありそうなものだが、僕が知っている範囲では、ないようだ。「右に出るものがない」という表現があるから、「無右」で通じるかもしれないけれど、「無上」と同じ意味になってしまうし、昔の「左大臣」は「右大臣」よりも偉かったそうだから、必ずしも右が優勢というわけでもない。

「無価」という言葉もある。これは、「無価値」の意味では全然なくて、価を量れないほど貴重である、との意味になる。読み方は普通は「むか」だけれど「むげ」とも読む。

「無心」は、心ないこと、考えなしのこと、邪念がないこと、を意味するけれど、お金を貸してもらうときに「金を無心する」という具合に使う。借金をすることは、心無いこと、遠慮のないことだからだろう。むしろ、邪念ありありではないだろうか。

49

コンピュータというものが、今ではもう「コンピュータ」ではなくなった。

コンピュータは、僕が成人した頃から普及し始めたけれど、名称としては、それ以前から知っていて、漫画などにもしばしば登場した。子供の頃には、「電子頭脳」と呼ばれていたように思う。「ロボット」というものよりも、幾分わかりにくい存在だった。大人になって、電子基板が数万円で売られる時代になっても、しばらくは身近なものではなかったが、プラスティックのケースの中に隠れ、キーボードが付属するようになり、「パソコン」なるものが出始めた頃から急速に広がり始めた。ちょうど就職し、職場にパソコンが一台あったから、それでプログラミングを覚えた。

プログラミングというのは、NHKの『ピタゴラスイッチ』かドミノ倒しのようなものだ。つまり、いろいろな仕掛けを次々に実行していく。ただし、筋道が幾とおりもあって、分岐するときの条件、分岐したあとの進行をすべて考えなければならない。でも、生きていくうえでの判断というものは、すべてこのとおり、プログラミングなのだ。すなわち、ものの考え方というものが、プログラミングで養われる。未来の可能性を考え、自分が思ったとおりになるかどうか、を試すための最適のツールともいえる。知識を詰め込む勉強よりも、子供たちにはプログラミングを長く体験させた方が教育上良い。

　プログラミングの真髄は、抽象化にある。こんなようなときは、こんなふうにする、という抽象的な動作を考えておけば、具体的な適応は、個々のデータを調整することで可能となる。抽象的な骨子を持っていれば、データさえ測定すればどんな場合にも対処できる。このような考え方自体に価値がある。同じようなものとして、数学や物理がある。

　コンピュータが出回った頃、一般の人の多くは、「そんなものが何の役に立つのか？」「細かいことまで考えられるのか？」「人の気持ちがわかるのか？」と非難した。僕自身、コンピュータを使った研究をしていると、常にそういった質問を受ける。それらに対する返答は、「データさえ測定できれば計算できる」である。人の心も、測定ができれば、シミュレートできる。具体的な数字が得られれば、プログラムは正しく動く。

　今の社会を見てみよう。どこにコンピュータが使われているか。むしろ、使われていないところを探す方が難しいくらい、どこにでもある。ただ、既に「コンピュータ」とは呼ばれなくなったし、「プログラム」も意識されなくなった。流行りのＡＩだってプログラムだが、データを自ら吸収して成長している。プログラミングも、人間の手には負えない領域へ進展している。良い時代にコンピュータに出会ったな、と感慨深い。

50 小学生の頃、「漢字って感じ悪いやつだな」と心底思っていた。

今日目覚めたとき、覚えていた夢の内容。クイズ番組かなにかで、「魚編に弱いは？」という問題が出て、「いわし」と答えた。「魚編に包むは？」ときかれ、しばらく考えてわからず、「あわび」と教えてもらった。「でも、あわびって、包んでないじゃん」と文句を言う。「魚編に葉っぱは？」これも知らず、「かれい」と教えてもらう（間違いだが）。「魚編に平たいなら知っているけど」と言い訳した。「魚編に羊は？」ときかれ、しばらく考えて、当てずっぽうで「まんぼう？」と答えたところで、目が覚めた。

起きてからよく考えたら、「新鮮」の「鮮」じゃないか、と気づいた。夢というのは、自分の頭脳が創作したものだから、実は僕はそれを知っていて、自分を騙《だま》したのだ。

小学生のときには、漢字が苦手だった。漢字は読み方がさまざまで、どういうときにどう読めば良いのか法則が見出せない。つまり、鵜呑みにして、個々に記憶するしかない。そういう「全部覚えれば良いのさ」的な姿勢が僕は嫌いだった。なにかしらのルールがあってしかるべきで、大人たちは何故改善しないのだろう、と不満を持ったのである。

漢字の書き順を覚えさせられたのも、嫌になった理由だ。何の意味があるのか。書いてしまったら同じ形になる、それで良いではないか。書く順番はそれぞれ自分の好きなようにすれば良い。どうしてみんなで同じ方法を採用しなければならないのか、意味がわからない。先生はその意味を説明してくれない。たぶん、先生もわからないのだ。

送り仮名も意味不明で、変化するものは平仮名で送る、と習ったが、しばらくして、そうではないルールに変更になった。現在の送り仮名は、僕が習った当時のものと異なっている。まあ、その程度のものだということである。いちいち辞書を引いて書かなければならないのか、と途方に暮れ、国語というものから離脱する決意をしたのは四年生だ。

だが、大人になって、この偏屈な少年は救われた。ワープロが登場したからだ。覚えさせられたことが全部無意味だったことが証明されたような気分だ。同様のものに、英単語のスペルがある。だいたい覚えていればOKで、あとはワープロが直してくれるのだ。

半世紀も生きていると、いろいろなものが変わる。社会が変化し、人間の考え方も変わる。正しいと教えられたものが間違っていることも頻繁だ。だいたい、僕の親の世代は、天皇は神様だったのに、その後、天皇は象徴になった。象徴って何なのか？　それくらい、ころっと変わってしまうのだ。漢字どころの騒ぎではない。国語が大嫌いだった少年が作家になれるなんてことも、ころっと変われば、まあまあありえるのである。

51 「喪」と「衷」と「衰」は、かなり似ているのに、全然違う漢字なのが不思議。

漢字のことを書いたので思い出した。タイトルに挙げた三つの漢字を皆さんは読めるだろうか？　ちゃんと正確に使い分けられるだろうか？　もちろん、ワープロがあるから、そんな知識はどうでも良い。だいたいの格好を覚えていれば、それほど不自由しない。

一つめは「喪服」とか「喪中」で使う「も」だが、「喪失」の「そう」でもある。失ったり、滅びたりするの意味。二つめは、「衷心」の「ちゅう」だが、これは読めない人が多いかもしれない。「もしん」とか「そうしん」と読み間違えそうだ。意味は、中にあるもの、みたいな感じで、「衷心」や「衷情」は、まごころの意味。「衷心をこめて」とか「衷情に訴える」などと使う。最近はあまり使われないかもしれない。三つめは、メジャだと思うが、「衰退」や「減衰」の「すい」であり、「衰《おとろ》える」もよく使われる。

これらの三つの漢字は、上部と下部がほとんど同じで、中央は、四角に縦棒か横棒か、四角が分かれているか、などで異なっているだけ。上部は縦棒が突き抜けているものと、なべぶたの差があり、下部については、「喪」だけ、「衣」ではなく、左へ跳ねる「ノ」がないが、些細《ささい》な違いである。そんな小さなことに拘りたくない、と思わないだろうか？そもそも、漢字というのは、似ているものが多すぎて、今さらではあるけれど、もう少しなんとか改善できないのか。そういうことを国は審議してほしい。

なかには、点があるかないかで異なる漢字になったりする。そうかと思えば、棒が二本か三本かが決まっていて、余分に書いたり不足していたりすると、テストで減点になる。別の漢字になるならまだしも、多くても少なくても、ほとんど通じるのだから良いではないか、という大らかな指導はできないものだろうか、ゆとり教育だったら……。

幼稚園児のときに、平仮名の「お」には、どうして点が必要なのか、と先生に尋ねたが、納得のいく回答がなかった。点がなくても、別の字になるわけではないだろう、と僕には思えたのだ。しかし、小学生になった頃には、「す」や「よ」と間違える可能性があって、それを避けるために点をつけたのだな、と自分で納得した。このように、なにごとも理屈が必要なのである。理屈があれば、覚えられる。子供にはもっと理屈を説いてほしい。

「遠」という漢字のしんにょうに乗っている部分は、独立して漢字にならないが、これも先の三つと似ているが、どれとも違う。主な違いは、上部が「土」であり一本多い。

漢字は、視覚的で、見ただけですぐに読み取れるから、長い英単語を認識するより楽だという有利性があって、現代でも生き残った記号だ。この文化は大事にしたい。

52

人口が減っている地方は、今後どうすれば良いのか、と僕にきかれてもね……。

人間の数は減った方が良い、ということを何度か書いている。だから、地方で消滅するような町や村があって、そこに住んでいる人が困っている、どうしたら良いと思いますか、という質問を受けるのだが、僕がどうしたら良い、と答えたら、それで何とかなるような問題だと思っている方がおかしい。どうにもならない。

移住する若者を増やすような施策を打てば、解決するかもしれない。それはそのとおり。もの凄く有利な条件を提示すれば、人は集まる。だから、その場は人口が増える。でも、人口が増えて税金が増えるかというと、その施策のための支出を取り戻せるだろうか、という心配がさきに立つ。

日本の人口は、これからしばらく減りっぱなしだ。それはもうほとんど決定している。どこかで落ち着くから、それまでの辛抱だ。そして、それだけ減ると、地方ではインフラを維持できないところが当然出てくる。工場があって仕事がある、都会への鉄道のアクセスが便利、ショッピングセンタがある、といった今は人気があるかもしれない町だって、何十年かすれば、変わる可能性が大きい。工場も鉄道もショッピングセンタも、数十年後は消えている可能性が高い。

日本として、あるいは県として、今のうちに考えておく方が良いのは、どこに人間を集中させるか、という長期的な方針ではないだろうか。人口は減るのだから、生き残るためには、どこかに集まる必要があり、一方で、見捨てなければならないところもある。そういったメリハリを考える。そうすれば、人が減ってもインフラが維持できる。

見捨てられた地方に住みたい人は、それだけのコストを覚悟するしかない。お金があれば、静かな場所に住める。ただ、インフラを自分たちで維持し、医療や防犯なども、自前で配慮すること。それができない人たちは、ある程度集まるしかない。場所にしがみつくことは、これからは無理なのである。そういうことを政治家は早めに説明し、人々を導かなければならないだろう。嫌われる役だが、それができるのが真のリーダではないか。

結局のところ、今の政治がジレンマに陥《おちい》っているのは、「経済」という妄想に取り憑かれているからだ。政治の目的が経済になってしまっている。そんなにどこまでも膨張できるものではないのに、発展し続ける妄想に今もしがみついているため、各方面で矛盾にぶつかっている様子が窺える。人口問題にしたって、経済発展の障害になる、という恐れしか抱いていていない。ただ、説得するつもりは僕にはない。誰も理解できないだろうから。

53 消費税に賛成だと書くと、「経済のことがわかっていない」と批判されるけれど。

しかたがなく、これを書いている。まあ、誰かにわかってほしくて書いたものではないので、このような言い訳をする必要は僕には全然ないのだが、なかには、それこそなにもわかっていない人がいて、そうすると、相手も知識不足で変な説を唱《とな》えているのだろう、と考える。知っているか知らないかで、意見が分かれるような問題は、そもそも問題ではなく、議論にもならない、ということだけは知っておいても良いだろう。

消費税は、所得税よりも合理的だ、というのが僕の意見だ。本当は、お金が人から人へ、組織から組織へと移動するときに課税するのが理想で、ようするに「お金が使用」されたときにかかる税金、「使用税」なるものがあればもっと良い。これが実現するためには、お金が全面的に電子化される必要があるし、お金以外の資産(金とか宝石とか不動産など)もその価値が電子的に登録され、所有権の所在がすべて監視できる社会になる必要がある。それらすべてに「使用税」をかける。税金というものが存在しなければならない社会では、こうするしかない。税金以外に、私から公への徴収の別の形も、今後開発されることを期待しているが。

　消費税を導入するときに、日本は借金まみれだ、という理屈がたびたび出てくる。それはそのとおりだが、経済を重視する派は、国は資産をふんだんに持っていて、まだ借金まみれではない、と反論する。まあ、ものの見方が違うというだけで、どちらも正しいが、国債を大量に発行しても大丈夫、インフレにならないうちは、なんていっていられるのも今のうちである。そんなに大丈夫なら、もっと何倍も発行すれば良いではないか。それはできないし、現にインフレになろうとしている。そして、消費税を下げれば、経済が回復すると訴えているが、どうして経済が回復しなければならないのかが、説明されていない。その経済というのは何のことか？　株高のことか？　市民の生活だと答える人もいるが、消費者の金払いの気運を期待しているのが見え透いている。結局は、経済が回って、土地の値段が上がって、といった資産家が得をするベクトルと同じ。

　庶民の味方の振りをして、「経済を回す」という言葉を使っている。株ではそろそろ儲からなくなってきたから、庶民の貯金を投資へ向かわせたい、というのも、同じベクトルだ。何故政治が、「経済」に取り憑かれているのかといえば、それは、政治家に献金しているのが、不動産業、大企業、各種協会であり、つまりは資産家だからだ。政治は、基本的に格差を広げる方向へ動く。両陣営とも、消費税など目先のものに騙されないように。

54

「任命責任」というのは、どういうものなのか、今ひとつ僕にはわからない。

なにか法に触れるような悪事が発覚したとき、その人をその職に就かせた上司にも責任追及がなされる、という場合がある。監督責任とは少し違っているようだ。社員が不祥事を起こしたら、会社のトップ、つまり社長が謝罪し、ときには辞職するようなことがあるが、任命責任なのか監督責任なのか、どちらなのか明確に区別ができないように思われる。そもそも、何故上司が責任を取らされるのだろうか？　部下にその悪事をするように指示したのなら、同罪もしくはそれ以上に重い罪になるが、まさかそんなことをしたとは、とびっくりしている場合だって普通にあるだろう。その人のすぐ近く、つまり同僚とか直属の上司なら、気づいても良さそうなものだ、と疑われる。これは、監督責任といえる。社長は、監督なんかしていない。また、就職するときは、人事の責任者が採用したのだから、その人には任命責任がある。社長は関与していないのではないか。

よくあるのは、大臣の不祥事で、首相の任命責任が問われる場合。これは、首相が一存で任命したのだから、という話だ。しかし、実際には党内の各勢力で調整された結果であり、首相が任命したといえないのが実情ではないだろうか。

例は非常に悪いが、人気のメジャリーガの通訳が犯罪に手を染めたとき、誰も、任命責任を問わなかったのは何故なのか？　誰が通訳に任命したのだろう？　これは意地悪な例かもしれない。では、国会議員の不祥事は誰の責任なのか。不倫をしたり、裏金を作ったりしているが、いったい誰がその人物を国会議員にしたのか。任命責任を問うべきでは？

オリンピックのメダリストが罪を犯したら、メダルを取り上げる処分が下されるのだろうか。そんな話を聞いたような気がするが、記憶違い？　メダリストは、そのときの実力だから、任命したわけではないので、ＩＯＣに責任はないような気もする。

日本ではそれほど一般的ではないが、海外では就職するときには、まえの部署（以前の会社や学校）の上司の推薦状が効く。今から入る組織の人には、その人物がどんなふうなのかわからない。面接しただけ、試験をしただけでは、能力はわかっても人間性までは見極められない。だから、以前につき合いのあった人の意見を参考にする。この場合、その人物が不祥事を起こしたら、推薦者の責任が問われるのだろうか？　少なくとも採用者とかその組織のトップよりは、責任があるように思えるが、いかがだろうか。

飼っているペットがトラブルを起こしたら、飼い主の責任だ。子供の場合も、成人以前であれば親の責任だろう。知らず知らず、いろいろな責任が自然発生しているみたいだ。

55

好きでやっているわけではない、ということが理解してもらえないけれど……。

小説を書いているが、べつに小説が好きなわけではない。小説になにがしかのテーマみたいなものが盛り込まれていても、作者はそれを訴えたいとはかぎらない。少なくとも僕は、なにかを訴えたいと思ったことがない。

教職に就いていたけれど、先生になりたいと考えたことは一度もない。人にものを教えるのが好きではないし、指導をしたいとも思ったことはない。むしろ、子供の頃から、先生にだけはなりたくなかった。仕事だからしかたなくノルマをこなしていただけだ。

鉄道模型を少しかじっているけれど、べつに鉄道が好きなわけではない。というよりも、ほとんど関心を抱かない。模型飛行機で遊んでいるけれど、飛行機の実機には興味がない。小学生の頃からずっと購読してきた『鉄道模型趣味』という日本の雑誌だが、最近編集長が変わって、模型以外の情報が増えたので、もう購読をやめようと考えている。実物の鉄道に似せる努力を、僕はそれほど評価していないし、興味を抱けないからだ。

いつも、自分がやりたいことをしている。好きだ、嫌いだ、などとは考えない。新しいものを見つけると、興味が湧いて、すぐにそれに飛びつく。しかし、別のものに興味が移る。だから、沢山のことを抱え込んでしまう。そんな人生だった。

自分はこれが好きなのだ、と決めてしまい、その対象から離れられなくなる人が多い。それは不自由な話だ、と僕は考えている。だから、好きだとは決めない。興味が移ったら、あっさりと離脱するし、今興味があるものを、できるだけ早く取り入れる。

趣味の場合はそれで良い。誰にも文句をいわれない。しかし、仕事の場合は、約束を果たす必要があるため、簡単には離脱できない。好きなものを仕事にすると、そういった悲劇になるだろう、と想像する。たとえ嫌いであっても、続けた方が良いものもある。

興味が移って、別のことに熱中していても、嫌いになったわけではないから、しばらくして、またやりたくなることも多い。だから、一度興味が失せても、そのままペンディングにしておく。これが、僕が大人になってから続けてきたシステムである。

何が好きだということは、あまりない。好きとか嫌いとか決めない、が一番僕の状態を示している。なにかに対する意見でも、賛成か反対かは決めないことが多い。そのときは賛成でも、情報が更新されたり、認識が変わるかもしれない。だから、賛成だからといって、他者を巻き込んだり、他者を説得することはない。意見が自分と違う人であっても、その人に対する印象には影響しない。無関係の他者に対して好きや嫌いの判定をしない。

56

アルコール依存症の刑事が活躍するドラマが多数あるが、そろそろ危ないだろう。

飲んだくれが主人公で、鋭い思考や行動力を武器に事件を解決するドラマが多い。アメリカとイギリス、どちらにもある。年代としては、九〇年代か、今世紀の初め、〇〇年代までかな、と思う。日本のドラマはよく知らないから、どうなのかはわからない。

かつては、ドラッグを普通に打っていた探偵もあった。その手のものが許されなくなって久しいが、ドラッグから立ち直ったという主人公は今でも多いし、主人公以外の脇役になるとさらに多数だ。時代によって、許されるものと、許されないものが違う。

イギリスで名探偵といえば、モース警部だろう。ホームズよりも人気が高いらしい。彼は、ほぼずっと酒気帯びだが、車は運転するし、見た感じはしっかりしていて誰からも咎《とが》められない。依存症ではないが、医者の忠告を聞かずに、症状は悪化する。

同じ年代になるが、女性の主任警部だったテニスンも、酒で失敗を重ねるが、どうにかスキャンダルにならずに済んだ。しかし、禁酒の会へ通っている。

たしかに、前世紀までは、日本でもほろ酔いだったら運転する人が多かったかもしれない。だんだん厳しくなって、意識も運動神経もしっかりしていても、酒気帯びだったらアウト、ということになった。潔癖な社会になったことは確からしい。

つい先日だが、奥様（あえて敬称）が、一緒に犬の散歩に出かけているとき、「君と離婚しない理由は、酒を飲まないからだね」とおっしゃった。酒飲みが嫌いだ、と明言された。僕は、酒飲みが嫌いではないが、そういえば、もう二十年以上酔っ払った人と会ったことがない。僕自身が酒をやめたのはもう少しまえだが、理由は時間が惜しかったから。

昔は酔っ払いが身近に沢山いたから、子供はそれを見ていた。だから、大人になったらああいうのが許される、と思い込んだだろう。今は、身近にいる確率が下がった。たとえば、昔は修学旅行先で先生たちが酒を飲んでいたが、今はそんなことはできないだろう。こうして育った人たちは、酒を飲まなくなった。これは統計を見ればわかる。会社の飲み会でも、上司から酒を強要されることはない。そういうのが違法になったからだ。

酔っ払いを嫌う読者が増えれば、酒を飲む登場人物も不人気になるだろう。少しまえに煙草が槍玉《やりだま》に上がったが、次は酒なのである。飲酒を我慢できないのは、酒好きではなく、依存症という病気になった。飲んでも良いが、酔っ払っては駄目、ということだ。

非の打ちどころがない主人公では人間味がない、といわれていた。そのため、小さな非を演出するのが常套だったのに、ちょっとした非でも炎上してしまう世の中になった。

57

お金を減らすことができないのは、無限に欲しいものが存在しないからだ。

小説家になったおかげで、幸運にも金銭的な余裕ができた。欲しいものをすぐに買えるようになった。欲しいものというのは、主におもちゃである。生活に変化はない。忙しいときも誰かを雇うようなことはなかったし、投資なども一切しなかった。大きな家を何軒か建てて引っ越したけれど、田舎で土地が安いから、大した額ではない。相変わらず、旅行しない、外食しない、人づき合いをしない。毎日同じ服を着ているし、この頃は自動車も新しいものが欲しくなくなった。それに加えて、唯一の散財だったおもちゃや模型関係も、ストック品が増えすぎて、すべてを既に所有している状況に至った。

なにか作りたいな、と思ったら、倉庫をぶらぶらと歩いているだけで、「あ、そうそう、これ、買ってあったんだ」と思い出して喜べる。先を見越して買っておいたものが多すぎて、生きている間に消化できるか疑わしい。それらを出してきて、取り組む過程で、ちょっとした小物が必要になり、ネットで次々注文するのだが、値段が知れている。

一方で、仕事を減らしたとはいえ、入ってくるお金は全然減らない。印税はもちろんだが、入試で使われたりする二次利用も多数で、今は管理を人任せにして半分はそちらの経費にしてもらっている。買った土地はまだ売っていないけれど、頼まれて駐車場として貸したら毎月お金が振り込まれる。年金も月に十七万円もらえるし、今年から奥様ももらえる歳になった。映画やドラマが今でも海外で売れて、その印税がつぎつぎ入るし、翻訳本もどんどん増えていて、日本で引退しても、海外からファンレターやお金が届く始末。

思い起こせば、友人とか、それ以外の人から幾度か、投資してほしい、と頼まれたことがある。こんなに将来有望なので援助してくれたら絶対に大きな金額で戻ってくる、と説明されたが、僕は、「お金を増やしたくないから」とすべて断ったのである。あのとき、投資していたら、もう少しお金を減らせたのではないか、と今になって少し思う。

ギャンブルもしないが、しない理由は、お金が増えることに興味がないからだ。詐欺に遭ったこともないけれど、そういえば、あれがそうだったのかな、と思い出すものはある。いずれも、「いや、お金はいらないから」という理由で断っていた。

有名になりたくないし、金持ちにもなりたくない。だから、適度なところで引き籠もり、あまり売れないようにコントロールし、今のような状態になった。

欲しいものがあったら、いつでも金を出す。欲しくないものは、金と名誉と権利なのに、周囲から「いりませんか？」ときかれてばかり。どうもわかってもらえない。

58

成人式も大学の卒業式も出席しなかったし、子供の式にも出席したことはない。

毎回のように「式」が嫌いだという話を書いているが、実は「嫌い」というよりは、「不要だ」と思っているだけで、嫌っているつもりはあまりない。行きたい人はどうぞ。式が趣味だという人がいてもおかしくない。最近では、子供の式に親も出席するみたいだし、式のためにコスプレする人がほとんどだし、「一生に一度のことだから」とおっしゃって理由づけをしているみたいだけれど、どんなものだって一生に一度であるし、一生に一度だからといって「必要」「大事」だと考える理由にはならない、と僕は思っている。

高校くらいまでは不自由だったから式にいやいや出ていたが、大学生になってからは出ないようになった。出なくても良いとわかったからだ。大学も大学院も卒業式には欠席したし、成人式ももちろん出ていない。子供の式にも出席したことは一度もない。子供たちにきいてみたら、卒業式も入学式も、「あれは本当に嫌だった」「やめてもらいたかった」と話している。僕の影響かもしれない。強要した覚えはないので、責任は感じない。

着物を着たりして、周囲のみんなに見てもらいたい、という欲求があるらしいことは、なんとなく知っている。不思議だし理解できない趣味だけれど、悪くはない。でも、べつに、みんな揃ってやらなくても良くないかな。一人でやったら、もっと目立って良いのでは、と思うのだが、どうやら目立つことは駄目らしい。よくわからない志向である。

災害が発生した地域へ救援に向かうチームも、出陣式なるものをして、市長が演説し、職員が拍手で送り出すのだが、そんな時間があったら、さっさと出かける方が良くないだろうか、と僕なら考える。なにか間違っていますか？　演説や拍手で気合を入れてもらわないと能力を発揮できない人がいるのだろうか？　いろいろ想像してみるのだが……。

式ではないけれど、行列に並ぶ人も不思議な趣味だ、と思っている。大勢の人が集まるという理由で、僕は並びたくないし、積極的に避けている。「式」と同じだ。いずれも、「群れる」ことである。群れることは恥ずかしいことだという価値観が、かつてはあったが、今はそれがない。古い価値観を僕が持っているのは、年齢だけの理由ではないだろう。たとえば、料理を食べながら「美味《うま》い美味い」と話すことも、はしたない行為だと僕は感じる。そういう価値観がかつてはあった。最近では、むしろ褒めないといけないくらい極端に変化していることは知っている。では、そういう人は、黙って食事をすることがないのだろうか。お米を作ったお百姓さんに電話をかけて褒めちぎるのだろうか。嫌味ではなく、そのあたりが僕には理解できない。誰も悪くはないと思う。

59 エンジンで発電してモータを回すハイブリッドは、新しい技術ではない。

昔からあった。たとえば、第二次世界大戦中の戦車で、この形式のものがあったし、鉄道のディーゼル機関車でも実際に採用されていた。そもそも電気自動車は、百年も以前に存在している。プリウスが登場したのは、技術的には当然試すべき項目だったものが、コンピュータを使って最適化すれば、より効率が良いものが作れる、という発想だっただろうし、新しいのは、そのソフトの部分だということ。

四つのプロペラを四つのモータで回転させて飛ぶドローンが、ここ十年ほどで普及したけれど、一番ネックになるのは、飛行時間、あるいは航続距離で、これはバッテリィの容量の限界に起因している。つまり、世に既に出ている電気自動車と同じ。これに対して、ドローンの飛行距離を伸ばすため、小型エンジンと発電機を搭載する技術がある。兵器としてのドローンで長距離を飛ぶものは、ほとんどエンジンが搭載されている。自動車でもハイブリッドが有利なのはこの点で、つまりはバッテリィの性能と価格に原因がある。

今年の初めに、趣味でエンジン発電の機関車を作った。この形式の機関車を、僕は既に三台試していて、今回が四台め。エンジン音が煩いけれど、模型では逆にそれが魅力になる。エンジンとモータの軸をつなぎ、外部電源でモータを回すことでエンジンを始動する。エンジンがかかったら、外部電源は取り外し、今度はモータがそのまま発電機になる。発電した電気で、別のモータを回して動輪を駆動する。エンジンはほぼ一定の回転を保てば良く、安定した状態で走らせることができる。

戦車にハイブリッドを採用したのは、ポルシェ博士だったそうだ。ポルシェは、電気自動車をそれ以前から試作している。月面を走った探査車もポルシェの技術が採用された。戦車は重いから、エンジン駆動だとギアが故障しやすい。モータを用いれば、低速トルクが容易に得られ、ギアが必要ない。エンジンで発電し、モータで走る戦車が、実際に実戦で戦っていた。八十年くらい昔の話である。案外、技術はゆっくりと進化する。

モータにもエンジンにも、一長一短ある。モータは手軽ですぐに回転するし、トルクも大きく、パワーもある。エンジンは、比較的軽量で、同じ重量なら長く回転を維持できる。しかし、メンテナンスが必要。最大の欠点は排気ガスだ。

エンジンはこの数十年で技術的に非常に洗練された。同じようなことが、モータやバッテリィにおいて、これから起こるはずだが、どこまで洗練されるのか、革新的な技術のブレークスルーがまだあるのか、が未来を決定することだろう。

60

自分が自由になるのは自分だけ。他者をコントロールしようとするから腹が立つ。

不満の多くは、他者が自分の思ったとおりにしてくれないことに起因しているように観察できる。自分に対して不満を持つ場合も、自分が自分の思ったとおりでないからで、つまり、自分を他者のように認識している。もし、自分を自分として受け止めていたら、自分の能力も立場も理解できるはずだから、自分ができる範囲で自分を操縦すれば良い。

そこまでは普通はだいたいできる。しかし、同じように他者をコントロールすることはできない。自分の気持ちなり意思なりを言葉で伝えても、そのとおりには動いてくれない。思いどおりにいかないことを認識すると、不自由さを感じ、ときには我慢ができなくなる。子供が癇癪《かんしゃく》を起こして泣いたり、暴れたりするのは、このためだ。

思いどおりになると自由を感じ、人は満足する。満足すると、嬉しくなり、楽しくなる。子供のうちは、周囲がわりと自分のいうことを聞いてくれたし、要求が通ることが多かったけれど、年齢が上がってくると、赤の他人ともつき合うようになり、自分の思いどおりにいかないケースが増えてくる。はっきりいって、ほとんどのことは、自分でコントロールできないから、不満は爆発的に増加する。

我慢をするのも自己コントロールなのだが、この訓練を子供のときにしたかどうかが、社会で上手く生きていく能力に影響するだろう。ただ、理屈を持っていれば、どうすることが自分の利益につながるのかを考えられるので、我慢をした経験がなくても、我慢をすることが合理的だと理解でき、社会に適合する人もいるはずだ。

他者が自分の思いどおりにならないとき、何故、自分と同じ考えをしないのか、という疑問が生じる。このとき、想像力があれば、自分とは違う人間だという理解へ行き着く。想像力がないと、不満は解消されない。そして、自分に対して敵意があるなど、まちがった解釈をして、妄想となる。想像と妄想は、論理性に差がある。合理的な予測が想像であり、妄想は、理屈よりも自分の願望を優先する。不満が生じるのは、結局は自分の願望、あるいは期待の不合理さを、自分が受け入れないことが原因といえる。

当然ながら、自分自身が思いどおりにならない、という不満もある。自分はもっとできるはずだ、自分はこんなふうではない、という理想と現実のギャップに思い悩むことが、若いときほどある。まだ自分をしっかりと捉えきれていないからで、はっきりいえば、理想が高すぎる。小さい頃から、「目標は高い方が良い」と教えられるし、「諦めるな」と励まされるので、大人になるまでずっと修正ができない。不満は、自身が作るものだ。

61 キャラクタ造形というものを真剣に考えたことは一度もない。自然に任せている。

小説では、主人公が二人組の場合が非常に多いけれど、これは会話をするからだ。一人だと一人称で頭の中で考えていることを言葉にする。無口な主人公にしゃべらせるために、頭の回転が悪くて性格が穏やかなパートナがいろいろ尋ねることになっている。だいたい、二人組は性格が正反対に設定されることが多い。一般的には、似たものどうしがカップルになったりパートナになりがちだが、物語の設定として面白くないから、わざと性格的に衝突させることで、お互いを際立たせるお決まりの設定となっている。几帳《きちょう》面《めん》で閉鎖的な一方と社交的で行動派とか、頭脳派と肉体派とか、バックグラウンドとか文化がかけ離れた二人を登場させ、最初はお互いに反発しているのに、次第に友情が芽生える、というのが正攻法である。あまりにもこれが多すぎて嫌になるが、おそらく、求められている設定であり、二人のいずれかに感情移入でき、コンプレックスを抱えている人でも、自分が認められたような安堵感を最後に抱けるのが人気の理由だろう。

几帳面で閉鎖的なタイプはイギリス人が好むタイプらしく、イギリスのミステリィには、このタイプの主人公が多い。周囲の人たちから敬遠され、友達が少なく、孤独を愛するタイプともいえる。イギリス人は、性格が暗くても、仕事ができる人間を評価する傾向にあるようだ。これが、アメリカになると反対で、だいたいは明るい性格で、友人思い、仲間を大切にするタイプが受けるらしい。少々だらしないところがあるが、いざとなったら突進する。感情を隠さないし、なによりも正義を貫く、熱血漢というのか。

日本はどうなのか、僕はよく知らない。日本の映画をほとんど見ないし、小説も読む機会が少ないので、統計的な判定をすることができない。ただ、病的なほど極端な変人という主人公はあまりいないのではないか。そういう人は、日本人には生理的に受け入れられない可能性が高いからだ。また、家庭では良い父、あるいは母という場合が、おそらく日本では多数だと考えられる。これが、海外では、仕事一筋のため家庭は破綻《はたん》しているという設定が多い。家庭で駄目な人を、日本人は受け入れないように観察できる。

そもそも、感情移入して、読者や視聴者に好かれることがキャラ造形の目的であるので、そういったキャラが実際に多いというわけではない。海外ではけっこう壊れた人が主人公になりがちだが、仕事ができる人なら認めるべきだ、といった能力主義が基本にあるように感じる。僕自身は、キャラ設定というものを考えたことがない。書きながら成り行きでキャラが出来上がり、そうする方が、僕には自然に見える登場人物になるからだ。

62 「前向き」と「後ろ向き」は「表向き」の様子で判別できるものなのか？

「前向き」というのは、日常生活で用いる言葉ではない。仕事関係とか、政治関係のニュースでしか出てこない。ほかの表現でいえば、「積極的」あるいは、今進んでいる方向に沿って「発展的」に、というような意味だ。その逆が「後ろ向き」である。よく出てくるフレーズで、「前向きに検討する」がある。なにか意見を述べたとき、このような返答をするが、「すぐに対処します」よりはずっと「後ろ向き」である。つまり、「まあ、もっともであることはわかったけれど、すぐに対処するような余裕はないので、検討して、なにかの機会にちょっと盛り込めるかもしれない」といった意味である。いちおう相手の顔を立て、「真摯《しんし》に受け止めた」ことにして、「表向き」は、「積極的」であるように振る舞うが、「前向きに対処する」といわず、「検討する」としたところがキーポイントであり、大阪の人がよくいう「考えときますわ」と同じく、実際に検討したり、考えたりはしない。ほとんど、お断りしているようなものだ。その気持ちを察せず、のちほど「例の件はどうなりましたか？」と尋ねるのは無粋だが、もう一度尋ねられるまでの時間に、対処ができない切実な事情を考えておく、そのための時間稼ぎなので、結局は、もっともらしい理由を聞かされて「後ろ向き」な門前払いとなる。

前を向いているから積極的というのも、ちょっとおかしな話であるが、たしかに、横を向いて走る動物はあまりいない。魚は前を見ているか怪しいけれど、哺乳類や鳥類は前を向いて進むみたいだ。人間も同じだが、走るときだけではなく、仕事をしているときに、よそ見をしない「集中」が求められることがある。馬の視界を制限するブリンカが、前方に集中させるためのもので、ようするに「前向き」を強いる道具である。

人間の目はもともと前面に向かっているので、馬のように視界が広くない。だから、もともと馬よりは「前向き」だといえる。ただでさえ視野が狭いのに、「集中しろ」といわれて馬車馬のように働くのは、いかがなものだろう。人間愛護協会ってないのかな。

とはいえ、「前向き」を文字どおり顔の向きや視線の方向として捉えることはほぼない。たいていは、思考や行動の姿勢、方向性を示している。だから、「表向き」は「前向き」でも、本当は「後ろ向き」という場合は非常に多い。上司から指示され、気持ちの良い返事をして、すぐに仕事に取り掛かっているように見えても、見えないところでは、「上手くいかなかったら上司の責任になるから見ものだな」と考えて手を抜く、なんてことはどこにでもある。「表向き」では、「前向き」か「後ろ向き」かは判断できないのだ。

63 「薬指」は、何故「薬」なのか。この指の役目とは？

「お姉さん指」と子供のときは教わったけれど、いつの間にか「薬指」になった。この指で紅を塗ったり、薬を塗ったりしたわけだが、何故この指を使ったのかというと、ほかの指より使われていないかららしい。別のことをするとき、薬がついたままでもできる、というわけだ。しかし、英語ではリング指ともいうとおり、結婚指輪をここに嵌《は》めることが多い。しかし、これも、あまり使われないので指輪が邪魔にならないからかも。

しかし、ものを握ったときに、薬指は意外と握力に影響する。薬指を使わずに握ると力が込められない。これは、剣道部で教えてもらった。大事なのは、竹刀の端を握る左手で、前で握る右手は添えるだけで良い、と指導された。このとき、左手の薬指が力をコントロールしているのが実感できる。

さて、人差し指は、英語ではインデックス指で日本語と同じ意味だ（どちらかというと、遠くではなく近くで指先をつけて示す感じで、日本の「人差し」とはニュアンスが異なる）。中指はミドル指、そして薬指はリング指、小指はリトル指だから、意味が異なるのは、薬指だけ。

もちろん、親指はサム（thumb）で特別なうえ、フィンガで呼ばない。この指だけ、向きが違うし、ほかの四本と向き合っているからか。ちなみに、親指トムは「トムサム」だ。日本語の「親指」もちょっとひっかかる。人差し指もお母さん指だから親では？　人差し指は英語でファースト指ともいう。中指はセカンド、薬指はサードとなり、小指はフォース指ともいう。親指からは数えないのは、イギリスの二階がファーストフロアなのと似ている。

イギリスのマナーで、ティーカップを持つとき、取っ手みたいなところを摘《つま》むのが正しく、指を挿し入れてはいけないことになっている。コーヒーカップなどでは、指が二本入るから、人差し指と中指を入れて持っている人が多いだろう。イギリスでは下品だと見なされる。ビールのジョッキは、どうやって持てば良いのか知らないが、ジョッキを持つ機会がないので、どうだってよろしい。

僕は指輪をしたことがない。結婚指輪はあるはずだが、どこにあるのか知らない。捨てていないので、どこかにはあると思う。僕の奥様も指輪をしているのを見たことは一度もない。宝石を身につけているのを見たこともない。指につけるとしたら、裁縫の指貫《ゆびぬき》くらいだ。あれは中指にはめるはず。紙を捲《めく》るのに使う指サックはどの指にはめますか？

64

最近になってようやく、自分がどのような人間なのかがわかりかけてきた。

幼い頃のことをわりと覚えている。二歳くらいから記憶がある。当時はもちろん自覚がなかったけれど、今思うと、かなり変わった子供だったことは確かだ。幼稚園は三年保育で、三歳から入れられたが、どうも先生のいうことを聞かない問題児だったらしく、最初の一年はほとんど通っていない。家でずっとTVを見ていた。これは、自分の息子の様子を見て、ああ、そういえば自分もこうだった、と思い出したこと。

既に書いたことだが、幼稚園までの三百メートルほどの道を、ずっと目を瞑《つむ》って歩けるか試してみて、用水路に落ちて怪我をした。なんとか這い上がったあと、家には帰らず、幼稚園に向かい、園長先生が血まみれの僕を発見して、医者に連れていってくれた。このとき、目を瞑っていたとはいえず、黙っていた。小学校になっても、怪我が多く、何針も縫った。骨折もした。落ち着かない子供だったようだ。

高校生くらいから、他者に合わせることができるようになり、友人たちと遊んだり、議論をするのが面白いな、と思い始めた。それまでは、友人と話すような時間が無駄に感じられて、長時間だと疲れるから、早く一人になりたい、という思いを沢山した。

文章を読むのは苦手で、絵や図なら何時間も眺めていられた。機械や建築の図面が好きで、平面から立体を想像するのが面白かった。それで工学部に入学したのだろう。

大学生のときは、自動車の運転が楽しみの一つで、よく遠くまでドライブに出かけた。模型飛行機を始めたのもこの頃だが、それらの趣味は一人で楽しんでいて、クラブに入ったり、仲間がいたわけではない。基本的に一人でいることが好きだった。

大学院を出て、国立大学に就職したが、研究者になりたかったわけではない。成り行きでこうなった。しかし、今思うと、普通の会社員は務まらなかっただろう。人づき合いを鬱陶《うっとう》しく思っていたし、人から指示されるのも苦手だったから、客の相手をしたり、上司と上手くいくとは思えない。当時は、自分は普通だと自覚していたが、いろいろ思い出すエピソードでは、自分の接し方が正直すぎて、相手を不快にしていたな、という例が圧倒的に多い。結婚して、夫婦関係も同じようなものだったから、よく奥様（こんな理由だから敬称）が逃げ出さなかったものだ、と今になって深く反省している。

こうした尖《とが》った人格は、三十代半ばくらいまでで収まった。小説家になったのは、そのあとだから、作家としては、それほど特異ではなかったと思っている。ようやく大人になれたな、と自己評価したのは六十歳を過ぎてからのことで、つい最近である。

65

理解しようとする、わかろうとする、が基本。わからない、と諦めない姿勢。

自分には理解できないものがある、というのは正しい。誰でも、すべてを理解できるわけではない。特に、興味のない対象に関しては詳しく踏み込んだ情報を求めないから、理解できる以前に、耳を塞《ふさ》いでいる状態になる。よく見られるのは、「私は根っからの文系だから」という断り文句で、科学や数学分野のものを遮断する人たちで、しかも、それを笑いながら話す。非常にみっともない。笑うようなことだろうか？　しかも、真面目に科学や数学に打ち込んでいる人たちに対して失礼である。わからないのは、最初からわかろうとしていないだけのことで、いったいどこまで踏み込んだのか、どこまでならわかったのか、何がわからないのか、という説明をしてもらいたい。それができないなら、その話題を口にしないことである。子供は、学校で数学も理科も習う。子供に対して恥ずかしいと感じないのだろうか？　少なくとも、科学者や数学者は、「私は根っからの理系だから」と断って、文系のものを避けたりしない。

「数学音痴」という言葉を使って言い訳をする人もいる。音痴というのは、今は使っても良い言葉だろうか。あたかも、生まれつきの属性だと語っているようで、差別用語に近い。人それぞれ、得意不得意はあるけれど、それは0と1のようにきっちり分かれるものではない。僕は国語が一番苦手だったけれど、本を読むのも、文章を書くのも諦めたことはない。「苦手」という言葉で、全面的に突っぱねる姿勢は、自虐であったとしても、どこかに「自分たちは多数派だ」という驕《おご》りがあるのではないか。そうでなければ、「苦笑い」ができるはずがない、というのが僕の印象である。

人間の能力とは、知っているか知らないか、つまり知識の量ではない。知ろうとするか、知ろうとしないか、という好奇心の強さである。つまり、苦手であっても「わかろうとする」ことが重要であり、それがその人の知性のバロメータとなる。

わかろうとしないのは、わかりたくないからであり、わかりたくないのは、自分の馬鹿さ加減を知られたくないからだろうか。自分は鈍足だから走りたくない、走ったら格好悪いところを見られてしまう、というのと同じだ。だが、俊足だろうが鈍足だろうが、走らなければ、どこにも到達できない。どこにも到達できなくても良い、今の自分で満足しています、という姿勢が、あの「苦笑い」であり、その驕りが見苦しく映るのだろう。

大人は気をつけた方が良い。特に年配の人。知らず知らず、自虐の苦笑をしていないか、手を胸に当てて考えよう。せめて、子供の前では控えましょう、ご自身のために。

66 小説を書く以前に、何冊か本を書いた。コンピュータと力学に関するものだった。

国立大学の教官だったから、そういうことができた。普通の人がちょっと勉強して書いても、出版社が本にしてくれない。何故なら、売れないからだ。大学の先生だったら、その肩書きで売れるのか、というと、そうではない。大学の先生は自分の本を授業で使うことができ、学生たちが教科書としてその本を買う。数としては知れているが、毎年一定数が見込めることが出版社としては好条件なのだ。ただし、国立大学はクラスの人数が少ない。僕が勤めていた建築学科は一学年が四十名だった。近隣の私学なら、どこも数百人いたから、私学の先生たちと共著にして、販路を広げるのが作戦としては常套である。

専門分野の本は、たいてい学会から出版された。学会で委員会が発足し、その分野の研究者を集め、総合的な内容の書籍を作ることがある。大勢の人の共著になるし、もちろん、関わった先生たちが授業で用いることができる。こういった書籍は何万円もの値段で売られている。個人で買うのは難しいけれど、図書館は必ず買ってくれる。

専門以外では、コンピュータ関係の特にプログラミングの本を幾つか書いた。また、これに関連して力学系のものも執筆したことがある。このような経験があったので、本がどんな手順で作られ、出版社の編集者がどんなふうに関わるのかは、だいたい知っていた。

八〇年代の終わり頃だったと思うが、編集者から「コンピュータ関係でなにか書けそうなものはありませんか？」と尋ねられた。BASICの本が売れたから、気を良くして、なにか面白いテーマはないか、という話題を振ってきた。

そのとき、僕は「AI」と「文系」をテーマにすると良い、と答えた。AIを経験できるようなプログラミングとして、人と会話をするうちに言葉を覚えるプログラムや、ランダムに言葉をつないで自動的に作詞をするプログラムを自作したことがあったので、それが使えると考えたのだ。このほか、点字を解読するプログラムなども作った。

コンピュータの本は、すべて理系の学生や技術者向けだったが、これからは文系の人の方がむしろコンピュータを使うはずだ、と考えた。しかし、出版社は笑って、「文系の人は買わないでしょう」と首を横にふった。理系の技術書専門の出版社だったのである。

C言語の本も二冊出した。たまたまC言語を使っていたからだ。どうしてC言語だったかというと、パソコンで実行したとき、他の言語よりも速かったから、という単純な理由である。現在のように、アプリが充実していない時代で、たとえば、有限要素法のプログラムが数百万円もした。といっても、パソコンも百万円くらいだった頃の話。

67 原材料が高騰《こうとう》して商品の値段を据え置くことが難しくなっている、とのニュース。

このところなんでも値上がりしている。戦争している地域があるし、日本が衰えて円安になっている。材料費も人件費もどんどん上がる。ニュースでよく登場するのは、ラーメン店などの商売で、「今の値段では赤字だ」と嘆く店主がインタビューを受けている。高くしたら売れなくなる、と心配しているのだが、人件費や材料費が上がった場合、値上げすることが自然であり、それをしないで無理な商売をする方が不自然だ。お客さんのために、と考えることは間違っていないけれど、大半の客は、値上がりはしかたがないと考えるはずである。そうでないなら、安さだけで来ていた客ということになる。店側としては、安さが売りだった、と認めるような形になるが、それで良いのだろうか？

日本人は、安さを追求することに長く親しみすぎたといえる。これまで、長い間ほとんど物価が上がらなかった。それは、安い材料を海外に求めたり、生産地を海外へ移したり、海外からの安い労働力に頼ったりして実現していた。そうするうちに、日本の商品や食料品などは安くなりすぎた。安く提供することが商売の第一条件だ、という考え方に大勢が染まってしまった。国中で価格競争をしているみたいな状況だったのだ。値段を据え置くことができたのは、日本の経済に余力があったためで、それを使い切った結果が、今の状況といえる。材料費も燃料費も人件費も上がる。価格はこれからどんどん上がり続けるだろう。当然、給料も上がっていく。国際的に見て自然な流れだ。

もちろん、ここ数十年のデフレには本当に感謝をしている。僕が欲しいものは、ことごとく値段が下がった。電子パーツや基板、コンピュータ関係の機器なども、驚くほど安くなった。おかげで思う存分に購入でき、一生分のストックができた。もう、新しいものをそれほど買わなくても良い状況だ。これは、一種の投資だったといえるかもしれない。

ニュースで毎日流れているのは、野菜が高騰したといった話題で、天候不良が主な原因のようだ。豊作のときは安値になる一方、不作のときは極端に高くはできないらしい。このような価格統制を農協がしているのだろうか。よくわからないが、農協はもっと広い範囲で、つまり全国規模で価格を調整できないのだろうか、といつも考える。それから、こんなことを書くと反感を招くと思われるけれど、数カ月の間、ある野菜が数十円、数百円高くなることが、全国ニュースで取り上げるほどの問題か、とも感じている。

燃料代が上がったら、運送費を値上げすれば良い。人手不足だったら、給料を上げれば良い。そういうことが自由にできないルールがあるとしたら、それが不自然なのでは？

68 「やり甲斐のある仕事に就いた人は、やり甲斐がなくなったら辞めてしまう」問題。

たとえば、「書かずにはいられない」という作家がいて、運命の天職だ、と意気込んでいるが、そういう人ほど、そのうち書けなくなる。何故なら、書きたくなくなるから。簡単な道理である。人間の気持ちはころころと変わりやすい。心境の変化があったときに、「好きだから」という動機は、跡形もなく消散してしまうのだ。

人気者になってファンからちやほやされたい、という動機で作家になった人は、ファンから貶《けな》されただけでやる気がなくなる。好きでたまらない、と一直線の恋愛をした人ほど、少し好きでなくなると、もう我慢がならなくなる。この仕事が好きだから、と就職した人ほど、ちょっと仕事の方向性が変わっただけで、天職からの転職になる。

趣味であれば、それで良い。事実、僕は好きなものに素直に取り組む。そして、すぐに飽きてしまい、つぎつぎと別のことを始める。どんどん店を広げ、あちらこちらにやりかけのものを展開する。しかし、またそのうちやりたい気持ちが戻ってきて、再度始めることになる。そのときまで何年も中途半端な状態で放っておくことにしているのだ。

　しかし、仕事だったら、多少は自分の欲望を抑えた方が賢明だ。何故かというと、他者が関わっているからであり、個人の趣味よりは社会性があるためだ。たとえ一人でする仕事（たとえば小説家）であっても、その作業や生産物に関わる他者が必ずいて、実際にはグループで活動している。だから、個人の都合で予定を変更しにくい。これが俗に「信頼」と呼ばれる絆《きずな》である。不自由なことだが、この絆で社会はつながっている。そう、絆が重要なのは、家族とか友人とかではなく、仕事の仲間なのだ。

　そんなわけで、仕事のモチベーションというのは、個人の嗜好《しこう》を超えたものにする方が良い。好きとか嫌いで選ぶのは不合理だ。少々体調が悪くても、気分が乗らないときでも、なんとかノルマを果たせる仕事を選ぶべきで、それこそが自分に「向いている」職種といえる。「天職」というのも、本人の感情ではなく、周囲からの評価に由来するものだろう。変な話、いやいややっている仕事の方が長続きする、といっても過言ではない。

　蛇足《だそく》であるけれど、「やり甲斐」というのは、「やることが難しいもの」という意味である。この本来の意味をよく嚙み締めておく方が、たぶん自分のためになる。

　好き嫌いで行動する人は、他者がなにかしていると、「あの人はあれが好きなんだ」と思うらしい。そういうふうによく見られるけれど、はっきりいって、僕は文章を書くことが大嫌いである。小説なんて読むことさえなくなった。あしからず。

69

「箔がつく」という状況をあまり目撃したことがないが、具体例はあるのか。

「箔」というのは、金属を叩いて薄く延ばしたものをいう。比較的軟らかい金属でしかできない。金、銀、銅、錫《すず》などが一般的だ。よく目にするのは金箔だが、その厚さは、○・一ミクロンくらいで、「紙のように薄い」とはいえないくらい、もっともっと薄い。「神のように」といった方が当たっているが、神様に失礼だろうか。

「箔がつく」というのは、なにかのきっかけで、ちょっと立派に見えるようになったことを示す。この逆の言葉は「箔が落ちる」である。英語だとfoilで、日本では何故か「ホイール」と伸ばすようだ。ちなみに、アルミホイルの厚さは、金箔の百倍くらい分厚い。

少しずつ成長し、じわじわと偉くなった人には「箔がついた」とはいわない。そうではなく、あるとき、なにかで急に立派になったり、外部から認められ、なにか賞みたいなものをもらったりしたときに、「箔がついた」という場合が多い。薄っぺらいけれど、外見は見栄えがする、というわけである。だから、実は中身はなにも変わっていない、といった意味が含まれている。賞をもらっても、偉い人が褒めても、本人の能力が変化するわけではないので、これは正しい。

大学や大学院に入って箔をつける、と昔は聞いたものだが、今では、それほど特別なことでもなくなった。博士号を取得すれば、文字どおり「博」がつくけれど、これは、英語圏だとミスタではなくドクタと呼ばれるから、普段でも外見的な立派さになるかもしれないが、日本では、博士かどうかなんて誰も知らない。名刺の肩書きにできるくらいだ。ちなみに、学士、修士、博士を授与されるためには、それなりの業績を挙げる期間が必要だから、あるとき急に箔がつくわけではなく、その期間の成長に本来の意味がある。その意味でも、箔がつくとはいえないような気がする。

賞や勲章をもらうと、たしかに箔がつく。スポーツだったら、目覚《めざ》ましい記録を出したり、大きな大会で優勝したりすれば箔がつく。箔がつくと、その後その人の価値が高くなるから、具体的にはギャラが増えたりするのだろう。そんな効果はありそうだ。

しかし、僕の身近で、誰かが箔をつけたところ見たことはない。自分自身を振り返って、たとえば博士号がなにかの役に立ったとか、これでギャラが上がったという経験はない。でも、見えないところで利いている可能性はあるから、全面的に否定はしない。

「箔が落ちる」というのは、使っているうちに擦《こす》れてなくなるような場合だろうか。これも、箔が落ちた人を、具体的に知らない。箔が落ちても、中身は変わらないのでは？

70 「行列ができる店」は「未処理ファイルに埋もれている事務員」みたいなものでは。

行列ができる店というのは、今では流行っている人気店のことである。それはもちろん知っている。でも、少し違和感を抱く。ようするに、店のサービス能力が低く、処理できない状態になっているのだから、少なくともバランスを欠いた店であるとも見なせる。

僕は子供の頃に、父親から「行列に並ぶのは恥ずかしいことだ」と教えられた。この教えは当時としては普通のことで、特に父親が天邪鬼《あまのじゃく》だったわけではない。当時は、お菓子欲しさに子供が集まったり、ちょっとしたサービス(なにかが特価だとか無料だとか)に群がることは、みっともない振る舞いであり、下品な人間だとの認識があったからだ。

現にその父は、馴染《なじ》みの店であっても、混んでいたら入らない。そういう店は騒々しいから嫌いだといっていた。混んでいたら店を変える。空いた店が好きだったようだ。

商売をする場合、需要と供給が一致していることが理想である。もし、需要が高い場合は、生産を増やし、店を増やす。需要が低ければ、生産を減らし、店も少なくする。両者がバランス良く一致していれば、客はいつも商品を購入でき、売る方も最大限の収益があって、無駄が生じない。需要が多く、供給が少ないと、客を待たせることになり、このような状況は、特にサービス業にはあってはならないこと、といえる。

　ただ、今の行列のできる店は、何時間も待っている客たちが、それぞれその並ぶ行為に満足しているのかもしれない。だったら、それもサービスになるので、見た目で判断してはいけないだろう。僕がいくら「そんなに並んでまで食べたいなんて、馬鹿じゃないのか」と思っても、人それぞれだから、余計なお世話である。でも、少なくとも「馬鹿じゃないの」と思って見ている人がいることは知ってほしい。おそらく、そう見られていることも含めての満足なのだろう。オタクだってそうだし、コスプレイヤだって、同じ要素がある。やや倒錯しているけれど、そういった趣味を否定しているわけではない。

　名古屋には、幾つか陰の名店なる料理屋や宿屋が存在する。マスコミを一切受けつけないし、ネットでのアップも「ご遠慮下さい」という姿勢だ。ただ、料理やサービスが絶品で一流。こういう店は、外に客を並ばせて、それを宣伝のネタにする店とは対照的だ。僕の親父が贔屓《ひいき》にしていたのも、こんな店だった。僕はそういった名店にも興味がなく、シークレット感を出すのも宣伝行為だろうし、同じなのでは、と思う程度である。

　蛇足だが、料理が美味《おい》しいからといって「美味しい」とはしゃぐのは恥ずかしく下品な行為である、とかつては教育された。美味しかったら完食し、何度も店に通えば良い。

71 ウェブに際限なく出現する広告の弊害を皆さんはよく我慢できるものだ、と思う。

これが見たい、と思ったときに目の前に出現し、それに時間を取られる。目的のページに行き着いても、まずは広告がつぎつぎアップされ、それらが出揃うまで待っていなければならない。コマーシャルというのは、本当に邪魔な存在であるが、これがあるから無料で見られる、という理屈は理解している。しかたがないのだろうか？　かなりの割合で、ウェブの価値を貶《おとし》めているが、収益優先、あるいは、今が良ければ将来は知らない、という方針なのかもしれない。まあ、ありがちなことではあるけれど。

ＷＷＷと呼ばれていた頃、初期のインターネットは今思うと夢の世界だった。なにもかもが無料で、瞬時に貴重な情報に行き着くことができた。有料のサイトなんてなかった、といえるほど楽園だった。動画の YouTube だって、ついこのまままで広告は入らなかった。こんな大容量のサーバと電力を無料で提供して大丈夫なのだろうか、と心配した。

ようするに、最初は無料で環境を提供し、ユーザを集める。そこにどっぷり浸《つ》かって、抜け出せなくなった頃に課金するシステムになる、というのが商売の常道であり、もちろん、こうなることは予測できたのだが、しかし、これほど早く、しかも無秩序に、効率を大きく落とすほど、邪魔な行為をあからさまにやるとまでは思えなかった。もう少し、ネットはスマートな空間だったはずなのだ。今や見る影もない。

当然ながら、自分の美意識と相容れないので、僕はネットから離れることにした。最低限必要なこと以外には利用していない。ＳＮＳはしたことがないし、ゲームも手を出していない。僕はポイントにも関わっていない。会員というか月額の料金を払っているのは、Amazonくらいである。サブスクはしていない。貯まるポイントも無視して放置。ニュースとショッピング、既存の映像作品の鑑賞に使っている程度。なので、これといって被害を受けているわけでもないけれど、大勢の人がスマホから目を離せない生活をしているのが、人類の未来に少なからず不安を抱かせることは確かだ。

考えてみると、繁華街とか駅や電車の中とか、どこを歩いても宣伝が目に飛び込んでくる。これは雑誌のページを捲ったときも同様だった。ただ、これまでの宣伝は、「見ない」ように処理ができた。長い間に脳の処理能力が自然に発達し、自分が見たいものに集中することが可能だった。しかし、ネットのサイトではそれができない。見たいものは、宣伝がすべてアップされるまで出てこないから、待ち時間が必要になったのだ。ラジオやＴＶがその先駆けだったのだが、もっとランダムで煩雑な邪魔者になってしまった。

72

洗剤も消臭剤も風邪薬も滋養強壮剤も缶コーヒーもビールもどこまでも良くなる？

これらの宣伝は何十年も続いていて、どんどん新製品が登場し、そのたびにパワーアップし、効果が絶大となり、美味しくなっているのだ。さぞかし凄いことになっているだろう、と想像するが、たまに、なにかの弾みで缶コーヒーを飲んでも、昔と同じだったりするのが不思議である。シュッと吹き付けるだけで匂いが消えてしまうというのも、信じがたい。僕は鼻が利く方なので、あらゆる場所でなにか匂う。全然匂わないような場所はない。トイレが真っ白になるはずのものを使ってみたが、まるで駄目だった。

僕が子供の頃には、歯ブラシの宣伝が多くて、つぎつぎと新しいブラシが登場した。これまでの盲点を突くようなアイデアが取り入れられ、微妙に形が違うものが発売された。筆記具の宣伝も多くて、鉛筆やボールペンで書き心地が良いと謳《うた》うものばかり。今はそんなこと、誰も気にしないようになってしまったのか。

最近多いのは芳香剤かな、と思う。僕はあれが苦手で、自分が着る服に匂いがつくと頭が痛くなる。多くの人は、あの匂いが好きらしい。ああいった匂いに出合うと、煙草を吸って遮断したくなってしまうのだが、いかがだろうか。ようするに、煙草の匂いも、芳香剤や香水の匂いも、なにか嫌なものを消すためのものといえるのでは。「匂わない」のではなく、「匂いをわからなくする」だけの話だと思われる。

「元から断つ」と謳われているものがあるけれど、本当に元から断てるなら、匂いも、汚れも、カビも、雑草も、今頃すっかり消えてしまい、その製品が不要になっているはずだ。そうならない程度に、少し残しておくよう、適度に緩めているのだろうか。

そんな誇大広告まがいの製品が多いにもかかわらず、消費者は抗議をしないし、消費者センタも問題視していない。つまり、みんな最初から諦めていて、効果絶大だと期待していないわけである。感覚が麻痺している。宣伝を本気にするのは子供か馬鹿だけなのか。

特に文句があるわけではないけれど、これと同様のものが大きくなったのが、詐欺であり、宣伝文句を信じてしまい、大金を失う人が続出している。ひっかかる方が悪い、というのが、国や警察の基本方針なのだろう、きっと。

そのわりに、宝くじのコマーシャルは派手に行われている。競馬の宣伝も同じく。ギャンブルをしたい人だけが行けば良い、その捌《は》け口として公的に認められているものなのに、一般に向けて宣伝する必要がどこにあるのだろうか、理屈を知りたいものである。損をする人は大勢いるけれど、どこから「被害者」になるのだろうか？

73 客を短時間に集中させる商売が、戦後の主流だったが、そろそろ気づいたら？

行列が嫌いだ、と何度か書いたが、そもそも、この行列というのは何なのか、について書こう。そんなことわかっているよ、といわれるかもしれないけれど。

繁盛する時期を短く絞る商法は、高効率であり、商売をする側にはメリットが大きい。集中する期間だけ、安いバイト料で人手を増やして対処し、そうでない期間は店を閉じ、ほかの仕事ができる。「書き入れどき」で儲けるといえば、たとえば海水浴の海の家とか、祭りの屋台とか、クリスマス、バレンタインディなど、いろいろ思いつけるだろう。

観光業も同じで、GWとか盆休みとか、客が集中してくれる方が嬉しい。そういったときに価格を上げる宿泊業も同じ。そのときだけ人員を増やして対処できる。ようするに、イベント型の商売というか、ある一時に集中して繁盛するタイプが有利なのだ。

一年を通して平均した収入を得る場合、まず人件費や施設の維持費が問題になる。正社員を大勢抱えることは難しいし、常に部屋や食材を用意しておくのは非効率だ。

結果として、日本のあちらこちらで渋滞が発生し、高い料金のときに人混みの中へ客は導かれている。商売としては効率が良いが、その分、明らかに損をしているのは客である。行列に並んで喜んでいる場合ではない。時間的な損をしていることを自覚した方が賢明である。渋滞でのろのろ走らなければならない実情を、何故我慢しているのだろう？

それ以外の弊害が、ちらほらと出始めている。オーバ・ツーリズムなどと呼ぶらしい。人が溢れて、マナー違反が横行したり、観光地の住民たちに被害が及ぶ。

つまり、同じ時期に人を集めるように仕組まれているのに、大勢の人たちがそれに乗せられ、しかも気づいていない。親と子供が同時に休みになるのは、そのときだけだからしかたがないと思っている。しかし、そう決めたのは政府であり、業界からの圧力を受けている結果である。国による規制が多いところほど、国民はどこかに集中させられる。

本来、連休というのは、国民が同時期に取る必要はない。好きなときに休める方が自然だ。親と旅行にいくために、子供に学校を休ませる制度も作れば良い。授業を録画し、休んだ子供に見せたり、遠方でもオンラインで授業に参加すれば良い。自由というのは、そういうものだ。国民全体をコントロールするのは社会主義的といわざるをえない。

「みんな一緒に」が、日本人は好きなのか。べつに悪くはないが、そうでない人もいるし、そうでない方が便利で快適なことは沢山ある。自由にした方が効率が上がるものだってある。一部の商売に忖度《そんたく》した制度は、未来には消えているだろう。

74

電子書籍の普及と今も使っている初期型のKindle。将来すべてがコンスタントに。

いつ買ったのか忘れたけれど、もう十年以上使っているはず。これで何冊の本を読んだのか数えていないけれど、これ以外で本を読んでいない、といっても良いので、相当な数になるだろう。数年まえにカラーで少し大きいタブレットを買ったが、こちらは漫画を読むためで、文字だけの本には使っていない。

不具合はなく、不自由もない。電子書籍が普及してから、書店には行かなくなった。電子版のない一部の趣味雑誌だけ、ネットで購入している。本はいつでも買えるし、探したりしなくても良い。とにかく、便利な世の中になった。

電子書籍の印税も増え、社会で普及していることがわかる。小説だけは、まだ印刷書籍が多いとも聞くが、もともと需要が少なく、一部のファンが消費している界隈《かいわい》である。そこでは、図書館で借りて読む人や、古書を買う人の割合が多いので、印刷書籍でないと駄目だ、となる。そういう人たちのおかげで、書店はどんどん消えていった。そして、ますますネット販売と電子書籍が主流になっていくことになる。

漫画も電子になり、かなりの部分がサブスクになろうとしている。それだけ過去のコンテンツの蓄積があるためで、新たな作品で儲けなくても、という業界になりつつある。新人作家は、最初からネット配信でファンを摑むしかない時代になるのか。

本以外で見ても、たとえば、模型店はかつてどこの街にもあったのに、今はほとんど消えてしまった。ネット販売が主流になったし、またメーカが直販するようになった。中間で商売ができた「店」は消えつつある。専門的な知識を基にしたサポートも、ネットの普及で個人へ直接アクセスできるようになり、情報が集まる「店」の価値も低下した。

製造業も、部品を集めて組み立てる中間の工場が不要になる。仕入れた品を並べたり、倉庫に保管したり、宣伝をするようなシステムが不要になる。たとえば、ネットオークションがあれば、多くの品物が個人間を流通する。このとき、ビジネスとして存続できるのは、そのプラットホームとなる統括システムであって、それは地理的な位置に依存しないし、また国家の枠組みにも依存しないものになっていくだろう。

書店の次に存続が危ぶまれるのは出版社である。個人間の流通原理から、あらゆる中間組織の消滅が予想できる。さらには、プラットホームを築いたビジネスも、いずれは自動化され、AIのみによって運用される。そうなるとビジネスとして拡張はなく、すべてがコンスタントになる未来像が見える。エントロピィの増加は宇宙の原則である。

75 白衣を着たことはない。犀川《さいかわ》先生も白衣は着ない。でも、漫画化では許容した。

工学部で白衣を着ているのは、化学系くらいだろう。化学の実験では、薬品などが衣服に付く恐れがあるので、白衣を着る。白衣が白いのは、汚れが目立つためだ。理学部でも、物理系は白衣を着ない。着るのは生物系の実験屋だろう。一般に白衣といえば、医学部か薬学部である。しかし、ドラマに登場する科学者は何故か皆白衣を着ているのだ。

工学部のうち実験をする分野では、作業着が適している。工場の工員や建築現場の監督が着ている灰色か青か緑系の服で、ポケットが多い。ヘルメットを被り、安全靴を履き、ときには安全メガネを装着する（安全メガネは化学系でも一般的）。

例外といえば、講義のときに白衣を着る先生がいる。これは、黒板に文字を書いて行う講義の場合、チョークの粉が服の袖などに付くのを防止するためだが、なにも知らずに受講している学生たちは、その先生はいつも白衣を着ていると思うかもしれない。同様に、数式などを延々と黒板に書いている姿も印象的だから、黒板に数式を書いて考えるのだ、と誤解もするだろう。そんな研究者はいない。数式は紙にペンで書いた方が楽だし、パソコンのモニタに書けば、展開してくれたり、図示してくれたりして便利だ。

映画やドラマに登場する科学者は、白衣を着てボードに数式を書くものと相場が決まっているが、それはお茶の水博士の時代のイメージが延々と生き続けている証拠で、誰も本物の科学者が仕事をしている様子を見たことがないから、そうなるのだろう。

これは、文系の学者が、本棚に囲まれ、平積みになった本の中に埋もれているというイメージと同様だ。僕は文系の先生の部屋にも何度か訪れたが、だいたいは綺麗で、おしゃれな応接室だった。理系の先生はスーツにネクタイの人が多いけれど、文系の先生は、ネクタイをしない。外国の研究者になると、ほとんどユニクロ的なファッションになるし、男女を問わず、ジーンズが多い。日本の学者は書棚や資料をバックにインタビューを受けるけれど、海外の学者は、公園やキャンパスの屋外で映っていることが多いようだ。

もちろん、例外はいくらでもあるはずで、正しい、間違っている、という話ではない。ただ、昔の漫画の影響なのか、今も科学者、学者、博士、大学教授のイメージが、あまりに狭く捉えられている感じがしてならない。最低限、専門が何か、くらいは描写しても良いのでは、と思う。遠くから見ると星雲は一つの星に見えるが、その中には銀河と同じ広がりがあるように、離れているからワンパターンになりやすい。文系だっていろいろな分野があるように、理系にも（たぶん文系より広い）分野が存在し、それぞれ違いがある。

76 装飾としての「数式」を書いてほしい、と幾度か頼まれたが、お断りした。

本の装丁とか、ウェブサイトの背景とか、「理系」を表現したいというデザイナの意図から、編集者を通して、「なんでも良いので、意味ありげな数式を二、三、挙げていただけないでしょうか」といった依頼が、過去に数回あった。おそらくドラマなどでも、科学者がホワイトボードやノートに残した数式が一瞬映像に現れる場面があって、そういうときに「それらしい」ものを求められるのだろう。

数学を避けてきた人にとっては、古代文字や暗号と同じである。しかも数字や記号が使われている、というだけでイメージとしてそれらしければ充分なのだろう。だが、数式を普段から扱う人にとっては、それは言葉よりも具体的なものだから、意味のないものを書くことはできない。「ぼ神へ毛丼の」くらい意味がないが、これも日本語を知らない人が見たら、なんとなくオリエンタルでTシャツの柄やタトゥーで「あり」なのかもしれない。だったら、初めから数式を知らない人がめちゃくちゃに書けば良い。

たとえば、物理系だったら、運動方程式、微分方程式や三角関数などの式が思い浮かぶし、それよりもベクトルやテンソルが普通だろう。一方、数学系だったら、集合や確率、あるいは極限などの記号が出てきそうな感じはする（あくまでも想像）。有名な式といえば、物理系ならアインシュタインの光速とエネルギィの関係、数学系ならオイラの虚数乗の公式がメジャだけれど、そんなメジャな公式をわざわざボードやノートに書く人はいない。まるで、「一期一会」とか「風林火山」と書くようなもので、意味どころではない。

つまり、「なにか数式を」という依頼がそもそもおかしい。「なにか文字を」といっているのと同じで、範囲が広すぎる。もう少し絞って、何に関するものかとか、どんな分野なのかとか、いつ頃の時代なのかとか、そういった設定が必要だ。また、「では、専門家に頼めば良いでしょうか？」と相談されたこともあるが、専門家になるほど、そんな意味のないものを書けるはずがないのは自明だ。

そもそも、数式以外にも理系的なものとして、図形があることを想像もしていない。ボードやノートに記される確率が高いのは図形である。幾何学でなくても、図形でものを考える人がかなり多いし、物理系も数学系も、発想が図形から生まれる確率は高い。

というわけで、依頼を受けた僕は、すべて丁重にご辞退申し上げた。ただ、一度だけ、講談社が付録の豆本を作ったとき、そのカバーに図形を描いたことがある。ちなみに、研究では、ニュートンの運動方程式が基本だったが、それを書くような場面はなかった。

77

「人間」とはどのようなものか。人間はどこにいるのか。どこから来たのか？

「人」のことを何故「人間」と書くのかというと、これは調べればすぐわかる。もともとは、文字どおり「人の間」の意味であり、社会、世の中という場所の意味だった。ようするに「この世」のことであり、生きているうちは、ここにいる。ここで生きている者が「人間」になったのだ。では、そうでない場所とはどこか？　それは天とか地獄とか、いろいろ想像されていたようだ。宗教的な言葉として「人間」があった。

海外のミステリィドラマを見ている人は、「ボディ（body）」という言葉をよく耳にするだろう。これは「死体」のことである。日本では、ボディは「肉体」という意味で使っている。人とボディの違いは、ボディには魂が含まれないこと。死んだらボディだけになる。また、警察に身柄を拘束される、という場合の「身柄」もボディである。警察は、その人の精神までは拘束できないからだ。ちなみに、「人間」を英訳して「human beings」ということもある。人というもの、人という生き物、といった感じになる。さらにちなみに、「busy body」は、忙しい肉体ではなく、「お節介な人」の意味だ。

古来の宗教では、だいたい天には神が住んでいて、人は「人間」に住んでいた。山々や海は「人間」ではなく「天」になるから、人が住むところではない。だから、自然の中に人がいる、という感覚はなかったようだ。「非人間」というのは「自然」と同じ意味になった。日本では、どちらかというと自然の中に人が住んでいる、といったフィーリングが古くからあるように想像するが、日本以外、たとえば中国や欧米などでは、人がいるのは社会、街、つまり都会であって、自然は別世界だと認識されている感じがする。

生きている間は「人間」であり、死んだら別世界へ移動する。こうした世界観から、天国や極楽が想像されたわけで、もともと仮の場所にいるとの発想から生まれる思想といえる。自然から生まれ、自然へ還《かえ》るとは考えなかった。それを正したのは科学だ。

神の存在を信じることが宗教であるなら、神の存在を信じないのもまた宗教である、との理屈も聞いたことがある。つまり、科学も一つの宗教だ、との解釈だ。だが、それは少し違っている。神は信じることはできるが知ることはできない。科学とは信じることはできないが知ることはできる。科学とはそもそも、知ろうとする思想である。

人間とは何ものなのか、どこにいて、どこから来たのか。それらに対する仮説を、信じたり、信じなかったりするのが宗教だが、科学は、単にそれを知ろうとする。人間は何ものか、といえば、「知ろうとする者」だろう。社会も宇宙も、人は知ろうとする。

78 「円安をどう思いますか？」と質問されたので、気が進まないが、答えよう。

僕が子供の頃は、一ドル＝三六〇円だった。固定相場制だったから、「ハンドルはいくら？」というなぞなぞの答は、一八〇円と決まっていた。子供だった僕は、一周の角度が同じ三六〇度だったことから類推して、いろいろな数で割りやすい数字に設定したのだな、と解釈していた。これが、中学生のとき変動相場制になり、ドルはどんどん下がった。僕が渡米したときは、一ドル＝二五〇円くらいで、その後もさらに下がった。

これは、日本の経済力が上がって、円が強くなった、ということだが、海外へ輸出するビジネスにとっては不利な条件といえる。それでも、さらに下がって、プラザ合意のあと、一五〇円になった。十年くらいで半分以下にドルが安くなった、ということ。バブルの頃に、隣の講座の教授が、「いくらドル安になっても、一〇〇円以下にはならんだろう」とおっしゃったが、僕は「いやぁ、もっと安くなると思いますよ」という会話をしたことを覚えている。結局、簡単に一〇〇円を割り込んだ。

この頃から、僕は積極的に海外の模型を買うようになった、だいたいいつもドルは九〇円以下だった。一番大きな買いものは九千万円くらいで、何かというと、住宅である。今になって思うと、安く買えてラッキィだったな、といったところか。

　また、イギリスのポンドやヨーロッパのユーロも、今よりはずっと安かったから、円で支払う場合、いつも得をしていたことになる。

　つい最近になって、円が安くなった。それ以前でも、日本の経済力から考えて、もっと円安でもおかしくないのに、と感じていたので、むしろ円安になるのが遅かったと思う。ちょうど、僕は趣味の大物をもう買う必要がないほど溜め込んだ状態になって、最近では消費活動が鈍っていたから、あまり影響はない。ドルやポンドで大金を持っていたら、少し得をしたかもしれないが、そんな額は知れているだろう。

　ドル建ての預金をしたり、海外の高利子の預金をしたり、なども僕は興味がない。何度も銀行から勧誘されたが、「お金を増やしたくない」とお断りした。

　だから、円安についてはどうも思っていない、というのが本音の答である。一つ書いておきたいのは、円が安いか高いかを示す数字だったら、一円が何ドルかを示すのが筋である。それなのに、一ドルが何円かという数字をもって「円安」を説明しているのが変だ。数字が上がると「安く」なるのが反対だからである。その数字を示すなら、「ドル高」といえば良い。ただし、他の通貨に対しても円が安くなっているのは事実。

79
僕は集中できない子供だったが、集中しないことのメリットも大きいと思う。

大人は、子供に対して「注意しなさい」「集中しなさい」と教える。あちらこちらへ視線が向いていると、「こちらを見て」と命じる。そして、目を合わせ、相手を睨むように威圧して、ゆっくりと話す。何を話すのかといえば、とっくにわかりきったことであり、わざわざ聞くほどのことでもない。しかし、「はい」と頷《うなず》かなければならないのだ。

そういう思いをした人は、意外に多いのではないか。この大人のやり方が、馬鹿馬鹿しいと感じたけれど、とりあえず、そちらを見て、頷けば良いのだ、ということだけは学んだ。だから、注意をして、集中した振りをした。本当は、別のことを考えていたし、ちらりと横見をして、その映像を記憶し、頭の中では見続けていた。

大人になっても、相変わらず、僕は集中することが苦手で、注意も散漫である。ものをよく落とす。手を伸ばし、物を摑む瞬間には、別の方向へ視線が向いているから、落としてしまう。次々と違うことを思い浮かべるから、一つのことに集中していられない。でも、短時間ならば、息を止めるような具合で、一箇所を見つめることができるようにはなったし、現に車の運転ができる。運転中は前方の画像処理に集中している。たとえば、横断歩道があれば、その両側の景色、さらに見ない部分で動くものを必ず想像する。

集中しないことのメリットがある。僕が手品を見破ることができるのは、普通の人のように集中していないからだ。普通の人は、一箇所に注目し、手品師が見てほしいところに注意を払うから、それ以外を見逃す。僕は、焦点を絞らないし、次々に自然に視線が移るので、必ずネタが見つかる。子供のときに、このことには気がついた。

文字がすらすらと読めない。この原因は、読むべき文字や文章に集中できないからだ。その文字や文章から想像される情報をすべて見ていて、視線がどんどん移る。だから、次の文字、次の文章へなかなか進められない。でも、読んでいないわけではない。周辺を想像することが、僕の場合は「読む」という行為なのだ。自分の頭の中を文章化するよりも、普通の文章を読む方が時間がかかるのは、このためである。

僕が、重度の注意欠陥・多動性障害にならなかったのは、飽きやすい性格のためだと自分では考えている。そして、その原因は体力がないこと。つまり、目が疲れる、気分が悪くなる、といった肉体的疲労が早く、方々へ視線を向ける行為に飽きてしまい、しばらく入力を遮断したり、まったく別のことを考えたりする、切換えが頻繁に訪れる。集中しない姿勢にさえ集中できない、といえると思う。こんな自己分析をしているのである。

80

植物や動物を見ていて思うこと。どうしてこんなに沢山いるのか、が不思議。

生物は、理科の中では最も不得手だった。なにしろ、覚えなくてはいけない名前が多すぎる。理屈を覚えれば問題が解ける、という学課ではなかったからだ。しかし、森の中で生活するようになり、自分の庭で掃除をしたり、工事をしたりしているうちに、植物や動物を嫌でも覚えるようになった。名前は、奥様（あえて敬称）に教えてもらっているが、彼女はいろいろ図鑑を持っているし、スマホで検索もしているようだ。

それにしても沢山の植物がある。放っておいても良い雑草と、抜いた方が良い雑草を、見分けられるようになったが、同じ種類のものでも微妙に違ったりする。虫も沢山の種類がいる。アリと呼ばれているものも何種類もいる。似ているものも多い。

拙い方面の知識で恐縮だが、生き物というのは、進化の過程でいろいろな種が誕生したという。祖先は同じものだったが、どこかで枝分かれしたらしい。さらに、進化の途中では、環境に適合できなかったものが絶滅していった。つまり、適合できたものが生き残った。これを自然淘汰といったりする。それくらいの知識しかない頭で考えたのだが、自然淘汰したにしては、この種類の多さは何なのだ？　全部適合した結果なのか？

キリンの首が長いのは、高い樹の葉を食べられるように進化した、首が長いものが生き残るのに有利だったからという。では、何故低い樹がこんなに沢山あるのか？　どうして、ほかに首の長い動物がいないのか？　そういう疑問を持ったことは、ありませんか？

哺乳類はそれほどでもないけれど、魚とか昆虫とかは、もの凄く種類が多いように思う。植物もよく知らないけれど、多種多様だ。まだ見つかっていない種があって、今でも発見されて種類が増えているにちがいない。深海とか地中とか、観察が難しい場所がいくらでもあるからだ。しかし、もし適合するものが生き延びるという自然淘汰が行われたのなら、同じ環境のところに、これほど多くの種類の生き物がいることが、不思議である。

自然淘汰が行われても、それ以上に自然に種が増える速度の方が速いということだろうか。自然に種が増えるというのは、突然変異によるものだと理解しているが、これも、どのレベルで違う種といえるのか境界が難しいだろう。つまり、同じ種でも個体それぞれが、そもそも異なっているわけで、細かい部分では変異している、同じ個体でも生きているうちに変異している、と考えられるのでは？　ようするに、生き物が沢山いるのは、エントロピィの増大と解釈できて、単に散らばって、均質に向かっている過程なのでは、と解釈できないだろうか。このあたりまでは、中学生のときに考えたことだが……。

81

クリームシリーズもついに第十三作となった。もう終わっても良いかもしれない。

百編のエッセイを収録した「つ」で始まるシリーズの第十三作が、今あなたが読んでいるこの本である。よくもここまで続いたものだ。最近、オーディブルも人気である。

本作は、これまでに比べて、少し難しい内容にした。頭に三つくらいツマミがあって、愉快さ、意外さ、哲学っぽさみたいな味付けをコントロールしているが、今回は最後のツマミを少し多めに開いた感じ。どうしてそうしたのか、というと、読者が絞られてきて、初読の人の割合が減っているとの観測からである。初めて読む人は、「読みやすさ」というわけのわからないものに左右されやすい。これは、内容の容易さのことだが、それよりも自分の求めていたものに近いことが、読みやすさを感じさせるので、書く側にすると、求められているものをちりばめる方法で対処する。それを今回はしていない。

広さと深さでいうと、広い方が受け入れられやすく、読みやすく感じさせる。一方で、深さは、慣れ親しんだ人に、もう少し考えさせるような方向性である。しかし、ついてこられない人も出るし、そういう人からは「一方的で上から目線だ」と非難されやすい。親しい仲になるためには、それなりのリスクが伴う、というのに似ているかもしれない。

　このシリーズを始めた当時は、まだそれほどネットが一般的ではなかった。もちろん、スマホもSNSも存在したが、割合として多数ではなかった。僕が書くような内容は、常識を外れていて、天邪鬼で身も蓋もない苦言に近い。しかし少数であり珍しい。だから提供する価値があると考えた。しかし、十数年が経過し、同種のものがネットに増え始めた。ネットの匿名性は、協調性に欠ける発言を許容するし、発信する方も責任を免れるという安心感があるのだろう。僕は、世間の動向とは正反対にネットから離れたけれど、ときどき自分が書きそうなことが発信されているのを見かけるようになった。だから、「ああ、そろそろ広まったようだ。もうしなくても良い頃かな」という潮時を感じた。

　これが、内容を微調整した理由である。同様のことは、既に上梓《じょうし》した二十冊ほどの新書や、あるいはブログをそのまま本にした三十冊ほどの内容についてもいえる。「もう出す必要がないな」と感じている。

　さらには、小説についても、たぶん同様の広がりがあると想像している。具体的には知らない。僕は小説を読まないからだ。でも、森博嗣に似ている、森博嗣風味だ、という言葉を聞くことが増えた。池に石を投げると波紋が広がるように、目立つ一石は、周囲に広がっていく。広がるけれど、しだいに波は小さくなり、いずれ消え、静かな水面に戻る。

82

子供のときに電気工作をした人は、コンピュータの仕組みが肌で理解できる。

　コンピュータがどんな仕組みで動いているのか、普通の人は知らないし、考えもしないだろう。コンピュータがわからなければ、AIもわからない。魔法のようなものだ、神が作ったものだ、と大勢が同じように考えているかもしれない。

　一方、コンピュータの仕組みがわかる人は、たとえば、スイッチ（あるいはリレィ）の組合せで、入力を処理する回路が想像できる。すると、AIだって何者なのかを最初から理解できるうえ、人間の頭脳だって、きっと同じような仕組みなのだ、と考えるだろう。

　二つのスイッチを直列に接続すれば、両方をONにしないと電気が流れない。並列に接続すれば、どちらかがONなら電気が流れる。これで、論理におけるANDかORを表現できる。条件が複数あったときに、それらを観察した結果を基に判断しなければならない場合、電気回路のように処理ができる。人間はこんなふうに考えているのだ。

　そんなはずはない、もっと感覚的なものが影響し、それが人間らしさだ、という反論があるだろう。しかし、感覚も感情も、単にデータや回路が増え、判断対象と無関係なものがランダムの確率で混入するだけで、処理としては同じである。自分でも、そこが正しく観測できないから、なんとなく流される。この「なんとなく」こそ、自身の中のブラックボックスの回路が弾き出した計算結果が、影響を及ぼしたことを示している。

つまり、精神というのは、回路なのである。複雑であるため、自分では全体像を把握できない。その見えない部分に「気分」とか「気持ち」の出力系が混在しているだけだ。

植物は、自分にとって有利な季節に発芽し、花を咲かせる。夜は花を閉じ、朝になって開く。日光を求めて向きを変え、枝を伸ばす。彼らには頭脳がないので、考えているわけではない。ただ、条件をセンサで感知し、それに反応している。温度だけではなく、水分とか日射とか、さまざまな条件があり、処理はその分複数になる。さきほどと同様の判断が行われ、それに応じた出力がなされる。これを、「生きている」という。

小学校で、電池と電球をつなぐ回路を僕は習った。今でもこの実験をするのだろうか？直列と並列も習う。これを理解していれば、ＡＩがどのような原理でものを考えるのか、さらには、自分の頭はどうなっているのか、を想像することができる。その想像をしない人が、魂なるものを作り上げ、神を創造し、運命や奇跡を感じたつもりになる。

コンピュータを作り、ロボットを作り、ＡＩを育ててきた人たちは、人ができることはすべて、機械にもできることを最初から知っていたのである。

83

中学一年生の授業で一番面白かったのは、数学の先生二人だった。

代数のW先生は、当時七十歳くらいだと思う。とにかく、言葉が面白かった。「して、いかなるや」「しかるのちに」「なんとなれば」「であるにとどまらず」といった聞いたことのない言葉で説明されるのだ。彼は剣道部の顧問で、二刀流の七段だった。「マイナス三歩前進するとは」といいながらオーバに回れ右をして「逆方向へ三歩進むことである」と、ジェスチャが面白かった。穏やかな先生で、怒ったりしない。板書をするときも、そうでないときも、しゃべりっぱなしで、唾が飛ぶので最前列にいるクラスメートは教科書を盾《たて》にしていた。

数学の先生はもう一人いて、幾何《きか》のK先生だった。この先生は、W先生の恩師らしく、おそらく八十代で、よぼよぼだった。職員室を出てから廊下を真っ直ぐに歩いてくるのに相当な時間がかかるので、ときどき廊下側の奴が覗いて、「まだ半分くらい」と報告した。この先生は、黒板に図を書くときもゆっくりだし、声は小さくてほとんど聞こえないので、幾何の時間はほぼ自習と同じだった。誰かを当てるようなこともないので、みんな静かに別のことをしたりしていた。それでも、わからないことがあって、授業のあと追いかけて質問すると、ぼそぼそっと教えてくれた。その返答が的確だったので、一目置かれていた。物理の先生もK先生のことを恩師だと話していて、凄い学者で尊敬している、というので、そうなのかな、と思った。それらしい雰囲気があったのは確か。

数学以外で面白かったのは、漢文と古文だった。この先生も面白かった。話し方が独特で、どこの方言だろうというぐらい変わっていた。下駄を履いていて、手拭いを腰にぶら下げていたけれど、校門の前まで真っ赤なポルシェで若い女性が送ってくるのを、目撃されていた。「誰ですか、あれは？」と質問したら、「愛人だ」と答えたそうだ。おそらく、ジョークだろうとの解釈だったが。

現国の先生は暴力教師で怖かった。あだ名はヤクザだった。毎時間、何人かが殴られた。僕は教科書を忘れたときに殴られたが、その一回なので、不幸中の幸いだった。

小学校のときは、一年から六年までいずれも女性の先生だったが、中学の先生は全員男性だった。男子校だから、そうなのかもしれない。男の先生は怖いな、と最初は思ったが、二年生になった頃には、恐れられないと指導ができないのだな、とも理解した。

それに、老人が珍しかった。両親は駆落ちだったし、都会に住んでいたから、家族にも近所にも老人がいなかった。話し方が面白かったのは、時代の違いだったかもしれない。

84

子供の頃には好き嫌いが激しくて食べられないものが多かった。今もそうかな。

野菜が嫌いだった。ネギとかキャベツとか大根が食べられなかった。匂いが嫌いだった。給食が食べられないので、「先生が良いとおっしゃった」と母親を騙して、弁当を持っていったこともある。家でも、ほうれん草を食べると頭が良くなるとか、乃木《のぎ》大将の母は毎日嫌いなものを食べさせた、という話を聞かされた。だから、そんなに偉い人だって、子供のときは野菜が嫌いだったのだ、と僕は解釈していた。もしかして、乃木大将よりも、乃木大将の母が偉いという話だったかもしれない。子供に嫌いなものを出す母を正当化する話ではある。いつだったか、どこかの国でジャムパンしか食べずに大人になった人の話をTVでやっていた。それ見たことか、と思ったものだ。

幸い、我慢をすれば食べられることを学び、給食が食べられず教室に残されるような目には遭わなかった。友達で何人かそういう子がいたが、たいてい牛乳が飲めない、という理由だった。可哀想だなとは思ったけれど、彼らは結局飲んだのだろうか……。

成長するほど、嫌いなものは食べなくても良い、という空気になってきた。給食も残しても良くなったらしい、と噂に聞いた。良い世の中になったものである。

子供の頃に聞かされたのは、戦争中には食べるものがなかった、という話で、これは本当に何度も繰り返し語られた。僕が生まれたのは、戦後十二年めくらいだが、まだそういう話ばかりだった。次に多かったのは、お百姓さんが作った、という話だ。お百姓さんが作ったことくらい知っていたが、そんなことをいえば、なんだって、誰かが作ったものではないか、と思うくらいしか心に響かない。お百姓さんの家の子供は、親から「俺が作ったんだぞ」と叱られたのだろうか。そちらの方がよほど恐れ多い。

実家を出て、一人暮らしをするようになり、ほとんど外食になった。すると、体重がどんどん増えた。好きなものを食べていると太るということがわかった。そして、二十四歳で結婚をした。この結婚式のときの体重が、人生で最高だった。今はそれよりも十キロほど軽い。結婚したら、奥様（あえて敬称）は、「嫌いなものは食べなくて良い」という方針だったし、「好きなものでも、残して良い」とおっしゃった。無理に全部食べるな、ということらしい。このアドバイスに従ったため、結婚して体重が減り始めたのだ。

何十年も生きていると、嫌いなものが好きになるし、またその逆のこともある。野菜は、ネギ以外はほとんど抵抗がなくなった。特に克服しようと考えたわけではない。好きとか嫌いとかに、あまり拘らない方が良いようだ。

85 長期的な方針は抽象的なほど良いし、短期的な計画は具体的な方が多少ましだ。

将来何になりたいか、と問うと、若者や子供は具体的な職業を答える。また、大学を目指す受験生は、学部や学科を志望し、そのさきの将来像を思い描いている。

僕の話をしよう。僕はコンクリートの研究をしていた。しかし、コンクリートに興味があったわけではない。たまたまコンクリートの研究室に入っただけだ。卒論と修論は、教授が決めたテーマを研究して書いた。その後、助手（現在の助教）に採用され、研究者になったときも、コンクリートの研究室だった。そこでは、教授と同じテーマの研究も担当したが、自分のテーマは新しいものだった。当時出始めたパソコンをいじるのが面白くなって、試しに数日で有限要素法という解析プログラムを書いた。教授がそれを見て、生コン（固まるまえのコンクリートのこと）の解析ができたら凄いぞ、とおっしゃったので、そこから、いろいろ文献を探し始めた。もちろん、誰も実現させていないテーマだった。研究というのは、世界で誰もしてないことをするのが普通である。

それから一年後くらいに、最初のプログラムを完成させた。ゲームのプログラミングよりは技術的には簡単だけれど、その根拠となる力学の理論は、かなり難しい。固体や液体の解析法は既に存在したが、固まるまえのコンクリートは、固体と液体が混ざっている。そういったものを扱う解析法は存在しなかった。そして、五年後に、このテーマで博士論文を書いた。以後も、ずっとその分野の研究を続けていた。

若い学生は、「ロボットの研究がしたい」「宇宙の研究がしたい」という。しかし、実際にできる研究は、もっともっとマイナな細かいテーマで、ロボット技術をほんの一歩前進させたり、宇宙の謎の僅かな領域に新しい問題を投げかけたりする程度だ。具体的に何をするのかは、あまり決めない方が良い。「なんでも良いから問題を解決したい」「なにか新しい手法を提案したい」くらい抽象的な方が、どこへいっても自分のやるべきテーマが見つかる。最初からこんなことがしたいと具体的に決めていると、実際にできることとかけ離れている場合不満が生じやすいし、他者のやっていることが気になったりする。

なにごとも抽象的な方針を持つことがとても大事で、ぼんやりと、どんなことに力を注げるか、と想像し、できれば広い範囲を探した方が良い。そして、実際に方針が固まり、目の前に問題が現れたら、そこからは具体的で詳細な計画を立て、日々着実に進むこと。

抽象的な希望を持っていれば、どこでもなにかを見つけられる。具体的な希望を持っているほど、多くのものを見逃す。未来の見方とは、ぼんやりと全体を眺めることだ。

86

「皮肉」というのは、どういう意味なのか。「皮肉が通じない」のはどうしてか。

森博嗣は皮肉が効いている、といわれることが少なくない。英語だとアイロニィ。もともとは、文字どおり皮と肉のことで、骨までは達しないくらい軽度な、という意味らしい。期待とは反対の結果になったときに、「皮肉にも」などといったりして、これは「皮肉をいわれそうな」みたいな感じからの表現だろうか、と想像する。皮肉を別の言葉でいうと、相手の弱点を冗談っぽく軽度に突《つ》いて、ちょっと嫌な気分を誘発するような発言のこと、だろうか。「揶揄《やゆ》」という言葉も近そうだが、こちらは、どちらかというと、からかっている感じで、弱点でないところであっても、馬鹿にしている意味になる。

皮肉も揶揄も、相手のある部分を否定していることでは同じ。意見であれば、反対している。賛成の場合でも、「お説ごもっとも」といって口を歪《ゆが》め、賛成せざるをえない、と圧力をかけられたことを揶揄する皮肉もあるだろう。大人の世界である。

僕は文章を書いているとき、皮肉をいおうとはあまり考えていない。もし皮肉に取られたとしたら、ああ、そういうふうに読むのか、と思うだろう。だいたい、反対するなら反対だ、愚かだと思うものは馬鹿だ、と書く。疑問を呈するなら、いかがか、と書くし、理解し難いものは不思議だ、と書く。思ったとおり素直に書いているだけだ。

ただ、文章を面白くしたいような場合がある。「いわんや、○○においてをや」みたいな言い回しで、大概は古い表現になるかもしれない。そういうものを、ときどき取り出してみたりするから、皮肉だ、と思われる可能性もある。これはしかたがない。

一般的な皮肉というのは、反対の意味の言葉をわざとらしく使う場合だろう。明らかな失敗をした人に、「賢いな」といったりする。直接指摘せず、遠回しにいうので、いわれた相手が気づかない場合もあって、「皮肉が通じない」とますます馬鹿にされてしまう。

そもそも、「反語」という表現方法が昔からあって、わざと反対のことをいって強調する。さきほどの「いわんや」もそうで、これは「いうまでもないが」という意味だ。「何を隠そう」などは、隠すものがない、という意味だ。皮肉もこの手法に近い。

「皮肉なこと」なども、思っていたのと反対になってしまった、という反転の過程を示している。つまり、目の前にある事象が、過去に期待したのと反対だ、という「失敗」を指摘している皮肉といえる。反対を示唆し、そのコントラストを強調している。

皮肉が通じない人が増えているようにも観察されるので、「期待とは裏腹な結果となったが」と書いた方が良いかもしれない、というこれも皮肉っぽい。

87 「ずかづか」問題と「じかぢか」問題について考える。

「ず」と「づ」は、今では発音が同じである。「じ」と「ぢ」も同じらしい。同じ音の平仮名があることが、混乱の元凶だし、どちらを使えば良いのか迷うことも多くて煩《わずら》わしいだろう。たとえば、「一人ずつ」は、僕が子供の頃には「一人づつ」が多かった。作家になったとき、校閲が直してきたので「ずつ」が今は正しいと知った。

「続き」は「つずき」ではなく「つづき」である。この場合は、「ず」はないらしい。これは、もともと「つつき」と濁らない言葉だった、という由来があるためだ。でも、今は誰も「つつきます」とはいわないのだから、「つずきます」も可にしては、と思う。

「近々」は「ちかぢか」であって、「ちかじか」ではない。「近づく」が正しく、「近ずく」は間違い。「気づく」と「築く」は同じ音だが、後者は「きずく」である。こういうのは、たとえば日本語を学ぶ留学生にとっては、非常に難しいだろう。コンピュータで入力した場合は、自動的に正しく修正してくれるから助かるけれど、手で文字を書くような場合は困るはずだ。

難しい理由は、その言葉のもともとの意味や、語源を知らないと、どちらか判断ができない点にある。「片づけ」は、「片付け」だから「かたずけ」ではない。しかし、「地面」は、「ぢめん」ではなく「じめん」なので、謎は深まるばかりである。

実は、音の違いもある。「ず」や「じ」は、「s」や「z」あるいは「g」や「j」の音で、「づ」や「ぢ」は「d」の音と対応している。だから、「ラヂオ」と書いたりしていた。ところが、「ラジコン」は、「ラヂコン」とは書かないので、統一されていない。「ディ」や「ドゥ」というカタカナ表記が広まったせいで、「ヂ」と「ヅ」の出番がなくなったようにも思える。だが、「ラディオ」というのはあまり見ない。そこまでするなら、「レイディオ」の方が良いだろう。

もっとややこしいのは、「di」は「ヂ」なのに、「dy」を「デー」と伸ばして片仮名にする習慣があること。「lady」は、「レデー」などと書く。何故「レヂー」でないのかが不思議だ。僕は「レディ」と書いて伸ばしたりはしない。伸ばすとそこにアクセントがあるように受け取られるからだ。

しつこく書くと、「du」を「ドュ」と書くのも抵抗がある。「ドゥ」とか「デゥ」とかの方がまだ統一感がある。ただし、これはまた別の問題で、いつか一ページ書けそうだ。基本的にどちらでも良い、と思っているが、統一ルールがあると楽だな、とは思う。

88

「意味」「概念」というのは、どういう意味なのか。この問題は非常に難しい。

この問題は頻繁に提示されるものだが、的確で簡素な答を書くことが難しい。「意味」を辞書で引くと、「内容またはメッセージ」「価値や重要さ」と書かれている。大きく分けるとこの二つの意味で使われているのは確かだ。前者は、記号や知らない単語が、何を示すのか、というときに使うし、後者は、なにかの指示や行動に対しての目的を示す。英語では、ミーニングがだいたい同じ意味といえる。「意味する」が動詞のミーン。

僕は小学生のときに、「概念」という言葉に出合い、いろいろ調べたのだが、その意味がわからなかった。概念というのは、「大まかな意味」という意味もあるが、もちろん、それだけではない。「意味」と同様に、「概念」も意味を説明することが難しい。「意味」は比較的ピンポイントで、具体的な事象や物体を示すのに対して、「概念」は、示す対象が抽象的なため、周囲から攻めて、だいたいこの範囲のもの、としか示せない。英語だと、コンセプトという訳があるが、日本で、「コンセプト」を概念の意味で使っているのを見たことがない。一番多いのは、概念を「イメージ」として使っている例だろう。

「意味」というものは、実際どのように説明されるのかを考えると、だいたいは、ほかの言葉で言い換える。ほぼ同じ対象を示す別の言葉にするわけで、これが理解できるためには、その言語を充分に理解している必要がある。国語辞典を引いて言葉の意味を調べることができるのは、日本語に精通しているからだ。日本語の語彙が少ない人では、別の言葉で説明されても、半分くらいの確率でますます難しい言葉に出合うだけになる。

また、目的や価値を示す「意味」であれば、その目的や価値を生じさせるシステムに精通していなければならない。たとえば、「自然を守る意味がある」とか「景気回復に意味ある選択」とかは、自然環境維持や経済活動というシステムの上で成り立つ目的あるいは価値を示しているから、そのシステムを知らない者には、そもそも意味がない。

ということは、「意味」というのは、別の視点から見る姿勢によって生じるものであり、注目している対象物から離れて、他の体系からそれを位置付けることである。難しいのは、つまり、他のシステムに視点を飛躍させる行為にある。だから、真っ直ぐにものを見ている子供には、「意味」の意味を説明することができない。さらに、「概念」となると、対象が抽象的なものになるため、ますます説明が困難となるのである。

そもそも、子供は、どのようにして言葉を覚えるのか。既に持っている言葉の体系がないのに、それができるのは、連想や想像による思考の飛躍があるためだろう。

89

引き籠もりの生活を送っているけれど、昔よりも有利な点があり、わりと快適だ。

若い頃に、出かけるときの目的は何だったかというと、人に会うため、買いものをするため、銀行へ行くため、書店で本を選ぶため、模型店で物色するため、映画を見るため、などだった。ところが、今はそれをすべて家で、ネットを通して行うことができる。つまり、出かける必要がなくなった。だから、僕は引き籠もりたくてこうしているというよりも、外に出かける理由がなくなっただけ、といえるだろう。

出かけないから、電車、バス、タクシーなどの運賃が不要、同じ結果を得るための時間も節約できる、天候に左右されないし、事故に遭う危険もなく、安全である。また、いつでもできるから、自分の都合で活動できる。選択肢もずっと豊富で、選ぶ時間も短い。悪い点といって思いつくものは皆無。もし、オンラインになんらかのデメリットがあるなら、べつに出かけても良い。規制されているわけではないのだから。

仕事や学校があったり、家族にそれがあったりして、外出せざるをえない人がまだ多い。しかし、だんだん減ってくるだろう。どうしても出かけなければならない人、場合だけ、出かけるようになる。なにもかもが、オンラインへ移行するのは確実だ。

現在は、出かけて良いことがあった世代が、出かける行為自体に価値を感じている。これは一種のファンタジィだ。つまり、ヴァーチャルにあるものと同じ。観光地へ出かけていくのも同じ。大勢が幻想を見ている。次の世代がそれに気づき始めているはずで、しだいに大衆は出かけなくなる。経済的で安全で、エネルギィを消費しない。そしてなによりも地球に優しい。人々の移動が減少することで、多くのメリットが生まれるだろう。ただ、観光や交通に関わる業界は縮小せざるをえない。この動きは、既に何十年もまえから始まっている。ローカル線が赤字になり、バスの運行も田舎では難しくなっていた。それらの波は、いずれ都会へ到達するだろう。

さて、そういった社会全体の動向は、既に僕にはほとんど関係がなくなった。ただ、自分が面白い、楽しいと思う方向へ少しずつ移動してきた人生である。少なくとも、引き籠もるほど、僕は自由になり、楽しい時間を過ごせるようになった。ストレスがなくなり、体調も良い。外へ出ていき、知らない人間と会って話すことが一番のストレスだった。そういうことは、なくなってみるとよくわかる。時間を気にして焦ったり、他者の動向に苛立つこともなくなった。自分の周りが静かになり、空気が綺麗になったように感じている。そして、身近な人に対しても優しく接することができるようになった。

90

よく聞く言葉、「視野が広がる」とは、具体的にどういった現象なのか。

僕のエッセイの読者から、この言葉を受け取ることが多い。それまで、考えなかった点に気づいたとか、常識だと思っていたことに疑問を持ったとか、なにかしらのブレークスルーがその人の中で起こったのかもしれない。だが、具体的にどんな意味があるだろう。文字どおりの意味で「視野が広がった」という人はいない。視野は広がったりしない。それに、首を動かすだけで、どの方向へも視野は広がる。べつに難しいことではない。つまり、これは一種の錯覚だろう。広がったような気がするだけだ。

そもそも、それ以前の視野が狭かったのである。どうして狭かったのかというと、一点に焦点を絞り、じっとそこばかりを見つめていたからだ。これが「集中する」という行為である。常識というのも、一点に意識を集中させ、ほかのものを見ない行為といえる。そんなふうに視野を狭めていたのは、周囲と協調しようとしたためで、当然、自分の意思でそうなっていた。もしかしたら、無意識かもしれないが、多数の人たちに合わせることで、自身を維持しようと判断したのは自分だ。そうした方が得だと教えられたのかもしれないが、知らず知らず、視野を狭めていくことが、精神的にも都合が良かった。何故なら、常識に反すること、みんなと違うことは、見てしまうと気になる。見ないようにすれば気持ち的に楽なのだ。これは、悪いグループに入った未成年が、その中で非常識なルールに染まっていくのと同じ作用である。

そんなときに、なにかちょっとした異文化に出会うと、そもそも持っていた視野を一瞬だけ取り戻す。そうだ、そういえば、と気づくような反応が頭の中で起こる。頭は、そもそも持っていた視野を覚えているが、現在は一部しか見えないメガネをかけている状態で、一瞬だけ、広い視野というものの存在を思い出すのだろう。

だが、それは一瞬のことだ。すぐに忘れてしまう。また、別の刺激があると、同じように一瞬だけ視野が回復する。そういった気分を心地良く感じるのは、いわば「懐かしさ」と同じような感覚にちがいない。自分が持っていたものを懐かしむのである。

もし、もっと長く、その広い視野、もともと身についていた視野を維持しようと思うのなら、常にきょろきょろと辺りを見廻し、目についたすべてのものを疑い、そして自分の頭で考えなければならない。それは楽なことではない。しかし、視野を回復することで、多大なメリットもある。まず、正しいものと間違ったものの見極めができるようになり、騙されることが少なくなる。人生において、これは強力なアイテムになるだろう。

91

日本には死刑があるが、警官が犯人を射殺する例が少ない。どっちもどっちでは？

死刑については、よくわからない。冤罪《えんざい》のときにやり直せるから、死刑は良くない、との論理で、欧米では死刑が廃止されている。しかし、捜査は昔よりも格段に証拠重視になっているし、その証拠も科学的な検証がされ、かつてよりは信頼できるものになっているから、死刑囚が冤罪だったという例は、これからは出にくいはず。

一方で、アメリカやヨーロッパでは、殺人犯を現場で警官が射殺することが多い。ドラマを見ていても、警官は犯人を確保するとき、すぐに拳銃を構えて突入していくし、犯人が射殺される結末が非常に多い。イギリスはその例外といえ、滅多に犯人を射殺しないようだ。日本に近い感覚かもしれない、と思って見ている。

犯人を殺してしまったら、動機など、事件の詳しい事情が聞けなくなる、といった声も聞かれる。ニュースでも、警察が犯行の動機を調べている、と伝えるし、コメンテータも犯人の証言が重要だと話す。これらを聞いて、いつも不思議に思うのだが、犯人の言い分というのは、そんなに大事だろうか？　そもそも信憑性も疑わしいし、証拠となるわけでもない。犯行の証拠が、証言どおりに見つかることには意味があるし、隠された凶器が見つかるなら重要だが、動機については、ついうっかりなのか、計画的なのか、という違いを明確にしたいという程度のこととしか想像できない。

また、裁判にかけることで真実を明らかにしてほしい、との発言もたびたび聞かれるが、真実とは何のことだろうか？　何が起こったのかは、だいたい再現できるが、誰がどう考え、どう感じたのかが明らかになることはない。そういったものは、真実には含まれない、と僕は考えている。真実とは、時間経過と事象の因果関係でしか共有されないものだ。たとえば、人を殺すために正当な動機というものがあるとしたら、それを法律に明記するべきである。事象の解釈と法律の適用によって、裁判は行われるが、個人的な事情を鑑《かんが》みるのは、その判断にほんの僅かに影響するだけだし、またそうでなければならない。

以上のことは、僕の個人的な考えであって、このようにみんなも考えてほしい、という意味ではない。そこを勘違いしないでほしい。個人の考え方、価値観には、個人の事情が影響するのが当然で、それを否定しない。そのうえで、一つの意見を述べている。

警官が犯人を射殺する機会が多い国では、そんな状況でミスが起こり、取り返しがつかない事態になる。死刑を廃止している国が、それよりも多くの命をミスで失っているように観察される。国が殺すよりも、警官が殺す方が問題が小さいとでもいわんばかりに。

92

人生の目標、生きる目的とは何か？毎朝起きて考えるようなことではないかも。

生きる目標を見失って自殺をする人が多い、と想像しがちだけれど、自殺をする人は、もっと目の前の苦悩に直面していて、それからの回避として自らの命を断つ。人生の目的を見失っている人なんてどこにでもいて、実は大半の人々が生きる目標みたいなものを答えられないはずだ。朝起きたら、今日は何があるか、と考え、面倒くさい仕事や、嫌な勉強を思い浮かべるけれど、面白い番組が見られるとか、漫画の発売日だとか、その程度の望みで、今日一日はぱっと楽しくできるのである。だから、生きるために必要なのは、結局は目先の楽しみであるといっても良い。

今日は、あそこを掃除しよう、未読の本を少し読み始めてみよう、降りたことのない駅で降りて少し歩いてみよう、といったことが、その日の生き甲斐になる。しかし、普通は、やらなければならないことに縛られていて、そんな自由はない、とおっしゃるかもしれない。だったら、その縛られている縄を解《ほど》いてみたらどうか。それを解いて、自由になって、だらだらと時間を過ごしてしまったら、もっと寂しくなるかもしれないので、そのリスクは覚悟しよう。人生というのは、右へ左へとふらついて、なかなか真っ直ぐには歩けない。ふらつくというのは、少なくとも寄った方向から修正をしている。そして、ふらふらしながらも前に進んでいる。時間は自然に流れていく。そして、また明日が来る。

夜眠ったらリセット。毎日がやり直しである。そんな具合に一日一日を生きていくのが、普通の人生だろう、と思う。だからこそ、できることなら、少し先を見越して、長期的な計画を持つことが、未来の可能性を広げてくれる。未来といっても死ぬまでだけど。

人類の歴史は、大勢の人間が少しずつ役割を果たし、ここまで発展してきた。数々のトラブルがあったものの、概ね過去よりは現在の方が生きやすい社会になっている。だから、上手くすれば、未来はもっと良くなるだろう。大勢の人間が関わったとはいえ、全員が役に立ったとはいえない。一部の人が大きな役割を果たし、大勢がそれに導かれたし、また反発した人たちもいて、関わりをまったく持たなかった人もいたはずだ。これと同様に、一人の人生の日々も、毎日が目的に向かった活動ではない。一部の日で思い立ち、少し多くの日でその計画に従う。また反発した行動を取る日もあるし、なにもせず、役に立たない日もある。それでも、全体としては少しずつは、自分の思う方向へ進むはずだ。

近道というものはない。誰もが回り道を歩んでいる。何故なら、歩いてみないと目的地がわからないからだ。否、目的地があるという保証さえない。それでも歩くしかない。

93
またまた速く書きすぎてしまったかもしれない。
あまり気にしないことにしよう。

四月初めから書き始め、二カ月かけるつもりだったが、今日は五月四日。この分だと、明日か明後日には書き終わってしまう。ゆっくり書くことはなかなか難しい。一日一時間も執筆していないのだが、途中だというフラグが立って、気になる。早く片づけてしまいたい、という気持ちがどうも無意識に働く。習慣というのは、そういうものだ。

このところ、春めいてきたので、庭仕事が忙しい。主に掃除。それから、芝生のメンテナンス。そして草刈りもそろそろスタートする。今日は、近所の友人が訪ねてきたので、デッキでバーベキューをした。近所といっても、自動車がないと行き来できない距離だ。いろいろ食べた。昼食は食べないことが多いので、満腹になり、眠くなってしまった。眠くなったら昼寝をする。すると、執筆は進まない。これはなかなか都合が良い。早くこの方法を試せば良かったのだが、毎日したら、胃の調子が悪くなることは確実だ。

友人が犬も連れてきたので、四匹が一緒だった。みんな大人しくしていて、行儀が良い。人間は全部で七人だった。僕は焼き鳥を担当して、炭火で焼いた。正午の気温は十八度もあって、今年になって最高の気温。そよ風も吹き、ちょうど良い気候だった。今、庭園ではチューリップが最盛期。ほかに、ヒヤシンス、ルピナス、ムスカリなどが咲いている。薔薇は赤い葉を出し始めているところ。

ゆっくり動こう、できれば後ろ倒しにしよう、とにかく休憩しよう、できないときは、まあそれでも良いではないか、と自分に言い聞かせている。落ち着かない子供を諭すような感じ。おかげで、最近はあまり疲れない。決まった時間に寝て、朝までぐっすり。

予定を立て、計画どおり進めてきた人生だったが、今は、予定を立てない。計画がないから、すべてが予定外だ。しかし、予定外になるように計画しているわけで、その意味では計画どおりともいえる。幸い、人と関わらないから、失敗しても恥ずかしくない。自分一人で笑って済ませられる。若いときにこんな生活ができたら、もっと人生を楽しめたかもしれないな、と少し思うけれど、それでは仕事ができず、生活に困窮した可能性も高い。ただ、生活に困窮していても、それなりに楽しいことをしていたはずで、あまり変わらない人生だった、とも分析できる。「あのときのあれが人生を変えた」などという話を頻繁に耳にするけれど、きっと「それがなくてもほぼ同じ人生になった」のでは？

いずれにしても、作家としては引退に限りなく近づいた。他者への語りかけはこのくらいにして、自分の人生をゆっくりと楽しみたい、という気持ちに変わりはない。

94

「一定」というのは、どのような状態のことなのか、に関する一定の考察。

「一定」はいろいろな意味で使われているようだ。たとえば、変化をしない、英語のコンスタントの意味で使うのが普通だが、「一定の人数になったら終了」という場合は、変化しないという以上に、「決まっている」の意味を含んでいる。「一定の割合」とは、変化しない同じ割合なのか、決まっている割合なのか、どちらかだ。「一定の方式で」というと、決まりごとがあることを示唆する。変わりがないことの意味も含むだろう。

「定数」や「定員」でもわかるように、決まっている、変化しない、という意味は、「定」の一字でもある。「定まる」とは、決められて、確かなものになる、という意味だ。この反対が「変」であり、「変数」が、「定数」に対して数学にも登場する。

ときどきニュースに登場する「定数是正」とか「定数不均衡」は、選挙に関する数であり、ようするに議員定数と選挙人数の比を問題にしている。「一票の格差」などとも呼ばれている。

変化しないの意味で「一定」という場合、「不変」や「保存」という表現を使うことがある。たとえば、質量や運動量やエネルギィといった物理量が一定であるとき、それらを「不変」といったり、「保存される」といったりする。特に「保存される」という言葉は、文系の人にはわかりにくいかもしれない。「エネルギィ保存則」などもメジャだ。

一生同じ名前でいる場合、「名前は不変」といってもわかるが、「名前が一定」となると、少し違和感がある。これは、名前が上がったり下がったりするような変化をしないからだ。つまり、「変わる」にもいろいろな変わり方があることがわかる。

「一定の理解を得た」といった場合は、全面的な理解ではないものの、ある程度の理解を得たという意味だが、外交やビジネスの交渉などで、この言葉が出たときは、半分の理解にも覚束ない状況で、「一定」は「ほんの少しだけ」くらいの意味になる。決裂だけは避けたい、お互いの目的を尊重し、今後も交渉を続ける、程度の感じである。

「一定の理解」というのは、面白い言葉なので、授業で先生から、「おい、ぼんやり聞いていないか？　理解できたか？」と叱られたとき、「一定の理解をしました」と答えるとウィットがあって許してもらえるかもしれない（僕だったら、笑うと思う）。

「一定数いた」という場合も、「少しいた」という意味になって、これが理系の人には誤解を生じやすい。定められた人数があるのだろうか、と一瞬考えてしまうだろう。

無学を「目に一丁字《いっていじ》なし」というが、ちょっと無学な場合は「一定字なし」か。

95

「意識」とは何か、という問題は、意識的に遠ざけられてきたようだ。

大怪我をしたときなどに、「意識はある」として、状態の程度を示すことがある。昏睡状態ではない、あるいは、受答えが可能であることを意味する。受答えというのは、質問に答えるとか、呼びかけに応じるといった反応のことだ。意識がない状態は、危険と認識されている。昨年、僕は二度も救急搬送されたが、搬送中にとにかく話しかけられる。今朝は何を食べたかとか、どれくらい痛いかとか、絶え間なく問われる。苦しいのだから放っておいてほしい、と思うが、意識がなくなることを恐れての処置なのだろう。

さて、コンピュータは、今では受答えをする。それも、かなり高等な会話ができるようになった。人工知能とかAIと呼ばれていて、コンピュータとはまたレベルの違う機械なのかと想像する人もいるが、どちらかというと、機械（ハード）ではなくアプリ、つまりプログラム（ソフト）である。自然な受答えができるようになったのは、それだけの知識を身につけたからで、そのためには広範囲の情報を学習する必要がある。コンピュータは、この「学習」も得意で、人間をはるかに凌《しの》ぐ範囲と量をはるかに速く学習し、しかも忘れることがない。詳細な数字や画像なども、正確に記憶できる。

だいぶまえに、チェスでは人間より強くなったし、最近になって、将棋も人間は勝てなくなった。ただ、このようなゲームはルールが明確であり、そもそもコンピュータに向いている分野だ。人間の代わりに頭脳労働や創作活動ができるようになるのは、これからだが、成長の速度もどんどん速くなるはずで、ごく近い将来のことと予想される。

では、こんなにも優れた頭脳には、人間と同じような「意識」があるのだろうか。もしあるとしたら、今もうあるのか。それともこれから芽生えるのだろうか。

以前にも書いたことがある。僕は三十年くらいまえ、つまり三十代後半だから、作家になった頃までは、人工知能が意識を持つとは考えていなかった。まず、容量的に無理だろう、というのが一番の理由だった。ところが、この頃に半導体技術は飛躍的に発展し、もしかしたら、と迷うようになった。そして、しばらく考えてみたところ、意識を持ちえないとする理由を思いつけなくなった。あらゆるデータがデジタル化して、世界中の知識をコンピュータの入力として用いる環境が整いつつあった。インターネットがそれだ。

結局、ネットワークの発展を体験したことで、いずれコンピュータは人間と同じ生きものになるだろう、と考えるようになった。もちろん、人間がそれを阻止するかもしれない。実現しないとしたら、原因は人間の意識にある。だが、おそらく許容できるだろう。

96

「友達」や「仲間」を美化し、強要するような教育は、いつまで続くのか。

これらが必要以上に価値があるものと強調されるのは、個人主義が台頭する社会を牽制しているようにも見えるし、また、人々が集団でいてくれれば、統治する側からすれば扱いやすい、という面も思い浮かぶ。人間は一人でいる不安を生まれたときから抱えている。一人では生きられないし、お互いに援助し合うようなシステムがなければ、存続できないほど弱い。常に周りの他者を意識し、集団に自分を同化しようとする。

だから、友達ができたり、仲間が形成されるのは、自然である。ただ、社会はあらゆる自然を排除する方向へ進んできた。弱肉強食が自然の摂理だが、人間社会では、これを排除した。騙したり、裏切ったりするのも自然だが、ルールを作って排除した。弱者が一人でも生きていけるシステムを作り上げ、病気の者を救い、ハンディキャップのある人も助け、老人も山に捨てられなくなった。

友達や仲間は、かつては、弱い個人を支援する役目を持っていた。家族も同様だ。仲間が多いほど、生存確率が高くなったからだ。しかし、現代社会は、これらをある程度まで克服し、一人でも危険のない仕組みを構築したのである。

したがって、今は人は群れを作る必要がない。だから、農村は過疎になり、都会に人が集中し、核家族となり、結婚する人も減り、子供も減少している。このような社会を人が望んだからだ。こうなるように、社会はデザインされてきた。

一人でいるだけで、周りから変人扱いされた習慣も改善されつつある。ただ、孤立したがる人に対して、「仲間になろう」と手を差し伸べるのは間違っている。一人でいたいから孤立している人が少なからずいるからだ。それでも、教育は昔ながらの「協調」を今も掲げている。みんなで同時に同じことをするように仕向けることが、それを示している。「式」や「会」あるいは「祭」のつくイベントが、教育の場で実施され、全員を強制的に参加させている。村も街もそういった強制をやめつつあるのに、教育現場はまだ古い習慣から抜け出せていない。学校というものの起源は、兵隊の訓練施設である。「協調」の起源は、「統制」だった。戦うためには、全員が同じことをする必要がある。そのために友達や仲間というステップを踏ませているようにも見える。

僕が高校生のとき、遠足をどうしたら良いかをホームルームで話し合った。そこで、みんなが別々に違うところへ勝手に行くことを決議した。ただ、一人では危険だから最低三人のグループを作ることも決めた。先生にも認められ、僕たちは自由な遠足を体験した。

97

一人であっても、社会に関わることはできる。他者の役に立つこともできる。

友人はいらない、仲間を作るな、というつもりはない。友人も仲間も、悪くない。大勢で一緒になにかをやりたい人もいるだろう。僕がいつも書いているのは、そのやり方がすべてではない、全員が無理にそのやり方に従う必要はない、ということだ。

また、社会と縁を切れ、といっているのでもない。社会と縁を切ることは、事実上不可能である。それに、他者と会ったり、おしゃべりしたり、一緒に食事をしたりしなくても、自分一人でやり遂げた結果が社会の役に立つことはいくらでもある。

人間嫌いで誰にも会わず、引き籠もりの生活をしていた作家が書いた作品で、世界中の人たちが感動することだってある。僕の話ではない。サリンジャーなんかが、そうだ。社交的ではない研究者が、歴史を変えるような大発明をすることだってある。

ただ、この頃では、どんな分野も細分化されているし、また研究の多くはチームで挑むようになっているから、小さな範囲での他者との交流は必要かもしれない。でも、メールくらいで充分だ。式典とかパーティとかに出席しなくても、仕事はできる。

人を相手にする仕事が、生理的にできない人もいる。話をするのが苦手だとか、相手の気持ちがわからないことが不安だとか。しかし、このような対人の仕事は、今後減る方向にある。機械やＡＩが代わってくれるからだ。人間の仕事は、その機械やＡＩを見守るものになる。対人ではなく対物の仕事は存続するだろう。研究もそうだし、開発もそうだ。助手は、機械やＡＩに交代するので、ますます一人になれる。

クリエータも、周囲で働く人たちが、機械やＡＩに交代していくので、どんどん一人になるはず。漫画家のアシスタントが機械やＡＩになる、と想像すれば良い。つまり、周辺で手助けをする仕事が、人間の手から離れていく。かつては、少し裕福な家には、お手伝いさんがいた。使用人といったかもしれない。庭師、運転手、雑用係、執事など、大勢が仕事をしていた。これらの多くは、電化製品の普及とともに仕事を奪われた。人口が減っているし、賃金もアップしているので、必然的にこうなる。だが、その家の主人は、そのままである。指図をする人が消えるわけではない。そして、一人であっても、仕事ができ、社会に貢献することでは、変わりがない。人口が減っても生産性は低下しない。

とはいえ、人類のために生きろ、というつもりはない。ほんの少し自分に近いだけの数人のためでも良い。自分だけのためでも良い。なにか役に立つことはないか、と探すだけでも良い。そのような姿勢が、生命の価値だろう、とほんのり想像している。

98

誰かの言葉が心に響いて、「共感」したと思っても、「共生」できるとは限らない。

この頃、よく聞く言葉で、「響いた」や「刺さった」というのがある。他者の影響を受けたことを示している。賛同ばかりでなく、反発するような反応も含め、他者の言動によって、自身の思考、行動、人生が変化することは普通にある。特別なことではないし、もしそういったことが全然なければ、むしろ不自然である。ただ、影響を受けても、どの程度自分が引っ張られているかを、なかなか冷静に評価できない場合がほとんどだろう。

世界から届くニュースの中には、人と人が殺し合うような凄惨な事件、あるいは紛争が少なくない。刺激が強いこれらを見て、どんな理由があっても殺すことは悪だ、と受け取る人もいれば、虐げられた過去の報復として、命をかけて戦うことは正義だ、と解釈する人もいる。刺激が強いだけに、これらの反応が心の中で長く残留し、本人が気づかないうちに、身近な思いとも混じり、予想もしない方向へ思考が誘導されることもある。

まず、当事者たちの気持ちを察して、「共感」してしまう場合がある。特に若い人にこの反応が現れやすい。たまたまその映像に現れた人が同年代だったり、子供だったりすると、彼らが被害者であれば共感し、相手を非難する立場になる。逆に、彼らが加害者であれば、命をかけて戦うことは勇敢であり、正義を貫く格好の良い行為だとの立場になる。このいずれも、なにもしていない自分に憤りを感じ、友人たちと一緒になんらかのアウトプットをしたくなる。こうして、各地で学生たちのデモや、酷いときは、テロや無差別殺人にもつながっていく。ちょっとした「共感」が起点となっているのだ。

共感することが、共生することではない。共感したからといって、実際に支持したり、援助したりするまでには、別のハードルがある。しかし、若者は、共感したら、すぐに行動したくなる。これは、社会的な抑制をまだ受けていない自由さから来るものだが、良い結果になるか、それとも悪い結果につながるか、を多少は考えるか、身近な人、できれば年配者に相談した方が良い。最悪の場合、人生の大部分を犠牲にする危険があるからだ。

極端な例を挙げれば、殺人を犯してしまった若者の動機が、人情的にやむをえないものだったとき、これに共感するのは普通。だが、その動機なら殺しても良い、と支援することは普通ではない。このワンステップを飛ばしてしまうことが、一部の犯罪の傾向のように観察される。若さゆえの素直な反応だ、と「共感」できるが、「共生」はできない。

別の言葉に置き換えると、「感情」ではなく「理性」で判断をする、ということになる。若者だけの話ではない、老人になっても、感情で動く人は少なくない。気をつけよう。

99 シリーズというものに囚われる人が多いことが、不思議でならないけれど……。

本書はクリームシリーズというエッセィ集のシリーズの第十三作めだが、前作から続いているわけでもないし、本書の中の百編もばらばらの話題なので、どこから読んでも良い。では、何故シリーズと銘打っているのかというと、同じような形式であることを示しているわけだ。これは読めば自明のことで、仮にシリーズだと銘打たなくても、読者は勝手にシリーズ名を決めて、その呼称が流通するはずである。

これまで、物語の途中で一冊が終わり、次の本でその続きが語られる、というものを書いたことがない。もしそうなら、同じタイトルで前編、後編とか上、下とかにしただろう。何度か、しかもあちらこちらで、「どの作品から読んでも良い」と書いたり話したりしている。作者がこれだけいっても、読者は聞いてくれない。自分が読んだ順番で、他の人も読んでほしい。だから、最初から読め、これを読むまえにあれを読め、と余計なお世話をしたがる。実際には、発行順で読む人の方が少数なのに、あたかも順番に読む方が「正当」だといわんばかりである。もちろん、それも悪くはない。

僕自身は、特に順番を気にしない。蒸気機関車のキットを作るときに、C50、C51、C52と順番に作りたいとは思わない。日本の鉄道の歴史を辿りたいわけではないからだ。

また、小説のシリーズが好きな読者の中には、新刊が出るまえに、これまでのシリーズを最初から読み直す、いわゆる「予習」をする人がいる。映画でゴジラの新作が出たら、これまでのゴジラ作品を全部見直すというわけか。スター・ウォーズなら、まだ可能だが、寅さんとかだと大変だろう。それくらい「臨場感」のような自身の気持ちの高まりを大切にしているから、準備運動として、このような「儀式」が必要になるようだ。

作者である僕自身、シリーズものを執筆するときに、それまでの作品を読み直したことは一度もない。というか、発行後に自作を読んだことは一度もない。たまに、主要な登場人物の名前を忘れてしまうので、パソコン上のファイルを検索することはあるが。

人生というのは、一人の人間の毎日の累積のことだから、いわば自分シリーズみたいなドラマである。昨日と今日は、なんらかのつながりを持っている。過去のあれが、今のこれになった、という事例は非常に多い。しかし、友達や恋人ができたとき、その人物の過去の履歴のすべてを知りたいと思っても、再現されるのは本人から断続的に語られる、ほんの一部のエピソードである。なにしろ、本人だって覚えていないのだ。フィクションであれば、シーケンシャルなデータが完璧に残っているけれど、これ自体が特殊といえる。

100 なにはともあれ、これが十三作め。そして、作家デビューして二十八年。

十三という数字は、七の次に好きな数である。ただ、三はあまり好きではない。十三に三がつくのは、十進法の表記を採用しているからにすぎない。十六進法では、十三は一桁で最大の素数である（素数かどうかは何進法でも同じ）。

また、一九九六年の四月にデビューしたので、作家としては二十八年が過ぎ、今は二十九年めである。十進法によれば、二〇二六年で三十年となってキリが良いが、これは日本的な感覚で、欧米では二十五年の方がキリが良い。また、その年には、本シリーズは十五作めが出せることになって、こちらは十六進法では一桁最大の数となって、僕的にはキリが良い。そうそう、十周年を祝ったりするイベントが多いけれど、九周年の方が良い。十は十進法では二桁であり、次のステージだが、九は一桁の最終なのだから。

キリが良いことに拘るつもりはない。むしろ、キリは悪い方が次につながりやすい。そういう話は何度か書いた。文章の執筆を途中で切り上げて、あとは明日、とする方が、翌日すぐに続きが書ける。僕の工作とか庭仕事は、すべてキリが悪いところで終えている。

人間が死ぬときも、キリが良いところで「では、さようなら」とはなかなかいかない。やりかけのことがあったり、楽しみにしていたものがあったりするはずだ。だから、終活とかで、いろいろ準備万端に整えても、タイミング良く死ねるわけではない。

というようなことから類推して、シリーズがきちんと終わらない状態で、作家が執筆を放棄してしまう場合も、当然あるだろう。最初に、「シリーズを最後まで書きます」と宣言したわけでもないし、約束をしたわけでもない。まして、森博嗣の場合、「ご期待下さい」など、いったことも書いたこともない。期待しないで下さい、なら書いたかもしれない。

ものごとには潮時というものがあるけれど、とっくに潮時は過ぎている。もうそろそろやめようかな、と思うときに、「たってのお願い」をされ、断るほど心臓が強くないため、溜息混じりで「しかたがないな」と執筆した作品が、二十作くらいある。

それにしても、こんなにやる気のない作家というのは、もしかして珍しいのだろうか。そんなことはないはず。表に出さないだけで、いいかげんに終わりたいと考えている人や、もう疲れてしまって仕事なんかしたくない、という人は少なくないと思う。でも、読者に向けては、そんな顔は見せられない、との営業モードでこれまで来たから、今さら、裏切るようなことはできない、と考えて黙っているか、病気の振りをしているのだろう。僕はそうではない。正直に、以前から書き続けている。もう、いいでしょう？

解説——思考と知見のロードマップ

五十嵐律人（作家）

前作の『妻のオンパレード』に引き続いて、本作『つむじ風のスープ』でも解説の執筆を任せていただいた。

『すべてがFになる』に出会ってメフィスト賞を志すに至った経緯（周知のとおり森先生が第一回メフィスト賞を受賞している）などの自分語りは、前作の解説で済ませているので、さっそく本題に入りたい。

皆さんは、クリームシリーズをどのように読み進めているだろうか？

一作目から順番に手に取ってきた読者、順番を気にせずタイトルや装丁のインスピレーションで手に取ってきた読者、本作が一冊目の読者……。一冊の中でも、ナンバリングに従って百編を読み通したり、気になったタイトルからつまみ食い形式で読んでいったりと、さまざまな楽しみ方が想定できる。

もちろん、正解が決まっているわけではない。本作でも、シリーズにこだわる必要はないしどこから読んでも良いと明記されている（99参照）。

その前提を踏まえた上で、私のクリームシリーズの楽しみ方を紹介したい。

まず、まえがきの後に列挙されている百編のタイトルに目を通し、特に興味を持ったものをピックアップする。そこで扱われているテーマを想像して、自分なりの考えをまとめる。そして、満を持して本文を読み進める――。

クリームシリーズは、各編のタイトルがかなり具体的に付けられているので、こういった楽しみ方もできる。私見をまとめてから読むことで、「森博嗣はこのように考えるのだな」と、多角的な分析や検討がしやすくなるはずだ。

本作でも、「そういう人は、まず自分がどう思ったかを確かめよう。人の意見を聞くまえの方が、自分の声を正しく聞けるチャンスだ。周囲の動向を気にしすぎると、そのうち自分の動向が定まらなくなる」（1参照）と記されている。

森博嗣の思考の一端に触れたい。そう望んで、クリームシリーズを手に取っている読者が多いのではないだろうか。もちろん、私自身もそうだ。そのためには自分の声を正しく聞く必要があるのだと、再認識した次第である。

とはいえ、これは「読者への挑戦状に全力で取り組んだ方が、本格ミステリはより楽しめる」と言っているようなもので、万人に勧められる読み方ではない。私は、読者への挑戦状をいつも読み飛ばしている。

何事も無理は禁物。気楽に読み進めても、クリームシリーズは十二分に楽しめる。

新書やエッセイは、アイディアの取っかかりを求めて手に取ることが多い。インプットの一種である。

インプットについては本作でも触れられている（11、12参照）。「インプットしないとアウトプットできない、という人はクリエイタには向いていない。作家とは、無から創り出す人のことである」という指摘は、実に耳が痛い。

母校での周年記念講演が約一週間後に迫ったタイミングで、私はこの解説を書いている。そこで話すテーマがおおまかにしか決まっておらず、何かしらの取っかかりを得られたらという淡い期待を抱きながら本作を読み進めていた。

高校生が主な聴講者なのだが、「長期的な方針は抽象的なほど良いし、短期的な計画は具体的な方が多少ましだ。」（85）に書かれている内容は、彼らにもぜひ伝えたいと思った。

将来の目標や夢は、具体的であればあるほどいい。学生の頃にそんなことを言われた記憶があるし、これまでその前提を疑ってこなかった。だからこそ、このタイトルを見て興味を引かれた。

「具体的に何をするのかは、あまり決めない方が良い。『なんでも良いから問題を解決したい』『なにか新しい手法を提案したい』くらい抽象的な方が、どこへいっても自分のやるべきテーマが見つかる」

世間で是《ぜ》とされている価値観とは相反する考え方。けれど、確かにそのとおりだと思えてしまう。

たった数行で、それまでの常識が覆される。コスパやタイパを重視する世代にこそ、ぜひ本シリーズを手に取ってほしい。

クリームシリーズを読んでいると、整理しきれていなかった考えや問題意識が端的に言語化されていて、もやもやが晴れる感覚を覚える瞬間が何度もある。

本作では、「好きでやっているわけではない、ということが理解してもらえないけれど……。」(55)が、まさにそう思えるエッセイだった。

「自分はこれが好きなのだ、と決めてしまい、その対象から離れられなくなる人が多い。それは不自由な話だ、と僕は考えている。だから、好きだとは決めない。興味が移ったら、あっさりと離脱するし、今興味があるものを、できるだけ早く取り入れる」

前後の文脈も含めて、心の中で頷きながら何度も読み返した。一人でも多くの人に読んでもらいたいと思い、ここでも取り上げることにした。

私自身も、〈やっていること=好きなこと〉という等式が成り立つと考えている人が多いことに疑問を覚えていた。

私には弁護士と作家の二つの肩書があるが、「他人のトラブルや不幸が好きだから弁護士になったの?」と訊かれたことは一度もないのに、「やっぱり小説が好きだから作家になったんだよね」という確認(決めつけ)は数えきれないほどされてきた。

おそらく、趣味でも成り立つことを仕事にしている場合は、「好き」が動機になっているとの推測が働いているのだろう。言うまでもなく、そんな経験則は成り立たない。何かに取り組む動機は一つではない。好きだから、向いているから、成し遂げたいことがあるから、お金を稼ぐため……。自分にとっての当たり前を他人に押し付けない。その意識を持つだけで、そういった行き違いは簡単に回避できる。

思考の整理ができて、新たな知見まで得られる。これこそが、エッセイを読む醍醐味ではないだろうか。

さて、ここまでつらつらと書き進めてきたが、本作には既に解説とみなせるような文章が存在している。「クリームシリーズもついに第十三作となった。もう終わっても良いかもしれない。」(81)である。

作者自身の手によるものなので、あとがき(まだ本文が続いているので、なかがき?)と呼ぶべきなのかもしれないが。

これまでのクリームシリーズとの違い、詰め込まれたエッセンス、シリーズの動向。解説で触れるべき内容が網羅《もうら》されていると言っても過言ではない。

作者の思考や経験が記されたエッセイにおいて、作者自身による分析が本文中でなされている。それに加えて、巻末で何を解説するべきかを考え続けた。

その過程で思い浮かんだことを、最後に書き記したい。

クリームシリーズの終了を仄《ほの》めかすような文章が、あとがき(なかがき?)の中に存在していた。インターネットの普及によって、自分が書きそうなことが発信されているのを見かけるようになったから、もうしなくても良い頃かなと。

この点については、愛読者の一人として異議を唱えたい。

玉石混交のインターネットの海から玉をより分けるのではなく、慣れ親しんだ森博嗣節で新たな気付きや知見を得たいのです——。

これは、解説でも感想でもなく、身勝手な願望である。

森博嗣著作リスト

（二〇二四年十二月現在、講談社刊。＊は講談社文庫に収録予定）

◎S&Mシリーズ

すべてがFになる／冷たい密室と博士たち／笑わない数学者／詩的私的ジャック／封印再度／幻惑の死と使途／夏のレプリカ／今はもうない／数奇にして模型／有限と微小のパン

◎Vシリーズ

黒猫の三角／人形式モナリザ／月は幽咽のデバイス／夢・出逢い・魔性／魔剣天翔／恋恋蓮歩の演習／六人の超音波科学者／捩れ屋敷の利鈍／朽ちる散る落ちる／赤緑黒白

◎四季シリーズ

四季　春／四季　夏／四季　秋／四季　冬

◎Gシリーズ

φ《ファイ》は壊れたね／θ《シータ》は遊んでくれたよ／τ《タウ》になるまで待って／ε《イプシロン》に誓って／λ《ラムダ》に歯がない／

η《イータ》なのに夢のよう／目薬α《アルファ》で殺菌します／ジグβ《ベータ》は神ですか／キウイγ《ガンマ》は時計仕掛け／χ《カイ》の悲劇／ψ《プサイ》の悲劇

◎Xシリーズ
イナイ×イナイ／キラレ×キラレ／タカイ×タカイ／ムカシ×ムカシ／サイタ×サイタ／ダマシ×ダマシ

◎XXシリーズ
馬鹿と嘘の弓／歌の終わりは海／情景の殺人者（*）

◎百年シリーズ
女王の百年密室／迷宮百年の睡魔／赤目姫の潮解

◎ヴォイド・シェイパシリーズ
ヴォイド・シェイパ／ブラッド・スクーパ／スカル・ブレーカ／フォグ・ハイダ／マインド・クァンチャ

◎Wシリーズ（講談社タイガ）

彼女は一人で歩くのか？／魔法の色を知っているか？／風は青海を渡るのか？／デボラ、眠っているのか？／私たちは生きているのか？／青白く輝く月を見たか？／ペガサスの解は虚栄か？／血か、死か、無か？／天空の矢はどこへ？／人間のように泣いたのか？

◎WWシリーズ（講談社タイガ）

それでもデミアンは一人なのか？／神はいつ問われるのか？／キャサリンはどのように子供を産んだのか？／幽霊を創出したのは誰か？／君たちは絶滅危惧種なのか？／リアルの私はどこにいる？／君が見たのは誰の夢？／何故エリーズは語らなかったのか？

◎短編集

まどろみ消去／地球儀のスライス／今夜はパラシュート博物館へ／虚空の逆マトリクス／レタス・フライ／僕は秋子に借りがある　森博嗣自選短編集／どちらかが魔女　森博嗣シリーズ短編集

◎シリーズ外の小説

そして二人だけになった／探偵伯爵と僕／奥様はネットワーカ／カクレカラクリ／ゾラ・一撃・さようなら／銀河不動産の超越／喜嶋先生の静かな世界／トーマの心臓／実験的経験／オメガ城の惨劇（＊）

◎クリームシリーズ（エッセイ）

つぶやきのクリーム／つぼやきのテリーヌ／つぼねのカトリーヌ／ツンドラモンスーン／つぼみ茸ムース／つぶさにミルフィーユ／月夜のサラサーテ／つんつんブラザーズ／ツベルクリンムーチョ／追懐のコヨーテ／積み木シンドローム／妻のオンパレード／つむじ風のスープ（本書）

◎その他

森博嗣のミステリィ工作室／１００人の森博嗣／アイソパラメトリック／悪戯王子と猫の物語（ささきすばる氏との共著）／悠悠おもちゃライフ／人間は考えるＦになる（土屋賢二氏との共著）／君の夢　僕の思考／議論の余地しかない／的を射る言葉／森博嗣の半熟セミナ　博士、質問があります！／ＤＯＧ＆ＤＯＬＬ／ＴＲＵＣＫ＆ＴＲＯＬＬ／森籠も

りの日々／森には森の風が吹く／森遊びの日々／森語りの日々／森心地の日々／森メトリィの日々／アンチ整理術

☆詳しくは、ホームページ「森博嗣の浮遊工作室」を参照
(https://www.ne.jp/asahi/beat/non/mori/)
（２０２０年11月より、ＵＲＬが新しくなりました）

本書は文庫書下ろしです。

|著者| 森 博嗣　作家、工学博士。1957年12月生まれ。名古屋大学工学部助教授として勤務するかたわら、1996年に『すべてがＦになる』（講談社）で第１回メフィスト賞を受賞しデビュー。以後、続々と作品を発表し、人気を博している。小説に「スカイ・クロラ」シリーズ、「ヴォイド・シェイパ」シリーズ（ともに中央公論新社）、『相田家のグッドバイ』（幻冬舎）、『喜嶋先生の静かな世界』（講談社）など。小説のほかに、『自由をつくる　自在に生きる』（集英社新書）、『孤独の価値』（幻冬舎新書）などの多数の著作がある。2010年には、Amazon.co.jpの10周年記念で殿堂入り著者に選ばれた。ホームページは、「森博嗣の浮遊工作室」（https://www.ne.jp/asahi/beat/non/mori/）。

つむじ風《かぜ》のスープ　The cream of the notes 13
森《もり》 博嗣《ひろし》

2024年12月13日第１刷発行
2025年４月23日第２刷発行

発行者——篠木和久
発行所——株式会社　講談社
東京都文京区音羽2-12-21　〒112-8001
電話　出版（03）5395-3510
　　　販売（03）5395-5817
　　　業務（03）5395-3615

Printed in Japan

講談社文庫
定価はカバーに
表示してあります

KODANSHA

デザイン—菊地信義
本文データ制作—講談社デジタル製作
印刷———株式会社KPSプロダクツ
製本———株式会社KPSプロダクツ

ISBN978-4-06-536691-2

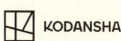

講談社文庫刊行の辞

二十一世紀の到来を目睫に望みながら、われわれはいま、人類史上かつて例を見ない巨大な転換期をむかえようとしている。

世界も、日本も、激動の予兆に対する期待とおののきを内に蔵して、未知の時代に歩み入ろうとしている。このときにあたり、創業の人野間清治の「ナショナル・エデュケイター」への志を現代に甦らせようと意図して、われわれはここに古今の文芸作品はいうまでもなく、ひろく人文・社会・自然の諸科学から東西の名著を網羅する、新しい綜合文庫の発刊を決意した。

激動の転換期はまた断絶の時代である。われわれは戦後二十五年間の出版文化のありかたへの深い反省をこめて、この断絶の時代にあえて人間的な持続を求めようとする。いたずらに浮薄な商業主義のあだ花を追い求めることなく、長期にわたって良書に生命をあたえようとつとめるところにしか、今後の出版文化の真の繁栄はあり得ないと信じるからである。

同時にわれわれはこの綜合文庫の刊行を通じて、人文・社会・自然の諸科学が、結局人間の学にほかならないことを立証しようと願っている。かつて知識とは、「汝自身を知る」ことにつきていた。現代社会の瑣末な情報の氾濫のなかから、力強い知識の源泉を掘り起し、技術文明のただなかに、生きた人間の姿を復活させること。それこそわれわれの切なる希求である。

われわれは権威に盲従せず、俗流に媚びることなく、渾然一体となって日本の「草の根」をかたちづくる若く新しい世代の人々に、心をこめてこの新しい綜合文庫をおくり届けたい。それは知識の泉であるとともに感受性のふるさとであり、もっとも有機的に組織され、社会に開かれた万人のための大学をめざしている。大方の支援と協力を衷心より切望してやまない。

一九七一年七月

野間省一

講談社文庫　目録

村上春樹　1973年のピンボール
村上春樹　羊をめぐる冒険(上)(下)
村上春樹　カンガルー日和
村上春樹　回転木馬のデッド・ヒート
村上春樹　ノルウェイの森(上)(下)
村上春樹　ダンス・ダンス・ダンス(上)(下)
村上春樹　遠い太鼓
村上春樹　国境の南、太陽の西
村上春樹　やがて哀しき外国語
村上春樹　アンダーグラウンド
村上春樹　スプートニクの恋人
村上春樹　アフターダーク
村上春樹　佐々木マキ絵　羊男のクリスマス
村上春樹　佐々木マキ絵　ふしぎな図書館
村上春樹　糸井重里　夢で会いましょう
村上春樹・文　安西水丸・絵　ふわふわ
U・K・ル＝グウィン　村上春樹訳　空飛び猫
U・K・ル＝グウィン　村上春樹訳　帰ってきた空飛び猫
U・K・ル＝グウィン　村上春樹訳　素晴らしいアレキサンダーと、空飛び猫たち
U・K・ル＝グウィン　村上春樹訳　空を駆けるジェーン
T・ファリッシュ著　B・ルート絵　村上春樹訳　ポテト・スープが大好きな猫
村山由佳　天翔る
睦月影郎　密通妻
睦月影郎　快楽アクアリウム
向井万起男　渡る世間は「数字」だらけ
村田沙耶香　授乳
村田沙耶香　マウス
村田沙耶香　星が吸う水
村田沙耶香　殺人出産
村瀬秀信　気がつけばチェーン店ばかりでメシを食べている
村瀬秀信　それでも気がつけばチェーン店ばかりでメシを食べている
村瀬秀信　地方に行っても気がつけばチェーン店ばかりでメシを食べている
虫眼鏡　東海オンエアの動画が6.4倍楽しくなる本〈虫眼鏡の概要欄 クロニクル〉
森村誠一　悪道
森村誠一　悪道　西国謀反
森村誠一　悪道　御三家の刺客
森村誠一　悪道　五右衛門の復讐
森村誠一　悪道　最後の密命
森村誠一　ねこの証明
毛利恒之　月光の夏
森博嗣　すべてがFになる〈THE PERFECT INSIDER〉
森博嗣　冷たい密室と博士たち〈DOCTORS IN ISOLATED ROOM〉
森博嗣　笑わない数学者〈MATHEMATICAL GOODBYE〉
森博嗣　詩的私的ジャック〈JACK THE POETICAL PRIVATE〉
森博嗣　封印再度〈WHO INSIDE〉
森博嗣　幻惑の死と使途〈ILLUSION ACTS LIKE MAGIC〉
森博嗣　夏のレプリカ〈REPLACEABLE SUMMER〉
森博嗣　今はもうない〈SWITCH BACK〉
森博嗣　数奇にして模型〈NUMERICAL MODELS〉
森博嗣　有限と微小のパン〈THE PERFECT OUTSIDER〉
森博嗣　黒猫の三角〈Delta in the Darkness〉
森博嗣　人形式モナリザ〈Shape of Things Human〉
森博嗣　月は幽咽のデバイス〈The Sound Walks When the Moon Talks〉
森博嗣　夢・出逢い・魔性〈You May Die in My Show〉
森博嗣　魔剣天翔〈Cockpit on knife Edge〉
森博嗣　恋恋蓮歩の演習〈A Sea of Deceits〉
森博嗣　六人の超音波科学者〈Six Supersonic Scientists〉

講談社文庫　目録

森　博嗣　捩れ屋敷の利鈍〈The Riddle in Torsional Nest〉
森　博嗣　朽ちる散る落ちる〈Rot off and Drop away〉
森　博嗣　赤　緑　黒　白〈Red Green Black and White〉
森　博嗣　四季　春～冬
森　博嗣　φ《ファイ》は壊れたね〈PATH CONNECTED φ BROKE〉
森　博嗣　θ《シータ》は遊んでくれたよ〈ANOTHER PLAYMATE θ〉
森　博嗣　τ《タウ》になるまで待って〈PLEASE STAY UNTIL τ〉
森　博嗣　ε《イプシロン》に誓って〈SWEARING ON SOLEMN ε〉
森　博嗣　λ《ラムダ》に歯がない〈λ HAS NO TEETH〉
森　博嗣　η《イータ》なのに夢のよう〈DREAMILY IN SPITE OF η〉
森　博嗣　目薬　α《アルファ》で殺菌します〈DISINFECTANT α FOR THE EYES〉
森　博嗣　ジグβ《ベータ》は神ですか〈JIG β KNOWS HEAVEN〉
森　博嗣　キウイγ《ガンマ》は時計仕掛け〈KIWI γ IN CLOCKWORK〉
森　博嗣　χ《カイ》の悲劇〈THE TRAGEDY OF χ〉
森　博嗣　ψ《プサイ》の悲劇〈THE TRAGEDY OF ψ〉
森　博嗣　イナイ×イナイ〈PEEKABOO〉
森　博嗣　キラレ×キラレ〈CUTTHROAT〉
森　博嗣　タカイ×タカイ〈CRUCIFIXION〉
森　博嗣　ムカシ×ムカシ〈REMINISCENCE〉
森　博嗣　サイタ×サイタ〈EXPLOSIVE〉
森　博嗣　ダマシ×ダマシ〈SWINDLER〉
森　博嗣　女王の百年密室〈GOD SAVE THE QUEEN〉
森　博嗣　迷宮百年の睡魔〈LABYRINTH IN ARM OF MORPHEUS〉
森　博嗣　赤目姫の潮解〈LADY SCARLET EYES AND HER DELIQUESCENCE〉
森　博嗣　馬鹿と嘘の弓〈Fool Lie Bow〉
森　博嗣　歌の終わりは海〈Song End Sea〉
森　博嗣　まどろみ消去〈MISSING UNDER THE MISTLETOE〉
森　博嗣　地球儀のスライス〈A SLICE OF TERRESTRIAL GLOBE〉
森　博嗣　レタス・フライ〈Lettuce Fry〉
森　博嗣　僕は秋子に借りがある I'm in Debt to Akiko〈森博嗣自選短編集〉
森　博嗣　どちらかが魔女 Which is the Witch?〈森博嗣シリーズ短編集〉
森　博嗣　喜嶋先生の静かな世界〈The Silent World of Dr.Kishima〉
森　博嗣　そして二人だけになった〈Until Death Do Us Part〉
森　博嗣　つぶやきのクリーム〈The cream of the notes〉
森　博嗣　ツンドラモンスーン〈The cream of the notes 4〉
森　博嗣　つぼみ茸《きのこ》ムース〈The cream of the notes 5〉
森　博嗣　つぶさにミルフィーユ〈The cream of the notes 6〉
森　博嗣　月夜のサラサーテ〈The cream of the notes 7〉
森　博嗣　つんつんブラザーズ〈The cream of the notes 8〉
森　博嗣　ツベルクリンムーチョ〈The cream of the notes 9〉
森　博嗣　追懐のコヨーテ〈The cream of the notes 10〉
森　博嗣　積み木シンドローム〈The cream of the notes 11〉
森　博嗣　妻のオンパレード〈The cream of the notes 12〉
森　博嗣　つむじ風のスープ〈The cream of the notes 13〉
森　博嗣　カクレカラクリ〈An Automaton in Long Sleep〉
森　博嗣　DOG&DOLL
森　博嗣　森には森の風が吹く〈My wind blows in my forest〉
森　博嗣　アンチ整理術〈Anti-Organizing Life〉
森　博嗣／萩尾望都　原作　トーマの心臓〈Lost heart for Thoma〉
諸田玲子　森家の討ち入り
森　達也　すべての戦争は自衛から始まる
本谷有希子　腑抜けども、悲しみの愛を見せろ
本谷有希子　江利子と絶対〈本谷有希子文学大全集〉
本谷有希子　あの子の考えることは変
本谷有希子　嵐のピクニック
本谷有希子　自分を好きになる方法
本谷有希子　異類婚姻譚

講談社文庫　目録

2025年3月14日現在